Doris Bender-Diebels

Die nicht erschossene Frau

Die Deutsche Nationalbibliothek verzeichnet diese Publikation in der Deutschen Nationalbibliographie. Detaillierte bibliographische Daten sind im Internet über http://www.dnb.de abrufbar.

Doris Bender-Diebels
»Die nicht erschossene Frau«

Von Doris Bender-Diebels bisher erschienen:
»Der Mantel der Vergangenheit«
ISBN: 978-3-9696640-3-2

Deutsche Erstveröffentlichung
1. Auflage 2022

Lektorat & Satz:
Anja Dietel & Thomas Dellenbusch, MeinKopfKino.de

Covergestaltung:
Katharina Netolitzky, Katharina-Netolitzky.com,
unter Verwendung von Bildern von
Elzbieta Sekowska/Shutterstock und Everett Collection/Shutterstock

Druck:
Sowa Sp. Z o.o., Raszynska 13, 05-500 Piaseczno, Polska

Bestellung und Vertrieb:
Nova MD GmbH, Vachendorf

Doris Bender-Diebels
Jägerhofstr. 98
D-42119 Wuppertal

ISBN: 978-3-98595-500-8

Doris Bender-Diebels

Die nicht erschossene Frau

Nach einer wahren Begebenheit

Else Gores mit ihrem Sohn Josef
Aufnahme um 1943
Urheber unbekannt

Gewidmet den vielen unbekannten Menschen,
die persönlichen Mut, Vernunft und moralische Stärke zeigten
und zeigen gegenüber Diktatoren, Propaganda und Kriegsgeschrei.

Donnerstag, 12. April 1945
Düsseldorf, Benderstraße 80
Kurz vor Sonnenaufgang

Die Frau auf der Matratze stöhnt und schlägt die Augen auf.

Sie fasst sich an die rechte Schulter und verzieht das Gesicht. Tausend Stiche verhindern, den Arm auch nur anzuheben.

Die blonden, sonst lockigen Haare kleben strähnig am Kopf.

Schweiß rinnt ihr über die Schläfen.

Es ist stickig. Das Fenster zur Benderstraße ist verschlossen.

Schwere Vorhänge blockieren den Blick nach draußen.

Kein Laut dringt herein.

Ihre Zunge pappt trocken am Gaumen.

Mit Mühe richtet sie sich auf und schaut sich um.

Sie gewöhnt sich langsam an das Dämmerlicht.

Die verstaubte Glühbirne an der Decke wirft bloß wenig Licht. Auf dem Boden liegen blutbeschmierte Kleidungsstücke und ein Kopfkissen. Dazwischen leere Bierflaschen. Blutspritzer auch an der Wand über ihrem Lager. Die Matratze, auf der sie sitzt, stinkt nach Urin. Außerdem steigt ihr der säuerliche Geruch von Erbrochenem in die Nase.

Essensreste kleben auf dem Tisch an der gegenüberliegenden Seite. Zwei Holzstühle stehen daneben. Das gerahmte Bild des Führers hängt schief. Sie würgt. Es kommt nur Magensäure.

Sie hat keinerlei Gespür für die Zeit, aber es muss ewig her sein, dass sie zuletzt etwas gegessen hat. Hunger empfindet sie nicht. Eine Schmerzwelle lässt sie erneut würgen. Sie drückt sich hoch und steht auf. Ihr Körper gehorcht ihr widerwillig. Sie schleppt sich wacklig zu dem Blecheimer in der Ecke. Eine Pfütze abgestandenen Urins bedeckt den Grund. Ihr bleibt keine Wahl, stöhnend hockt sie sich darüber und pinkelt hinein. Sie torkelt zum Fenster, schiebt die

Gardine zur Seite. Die Scheiben sind zugeklebt. Doch durch ein paar Lücken schimmert die Morgendämmerung herein.

Langsam kommt die Erinnerung wieder.

Der einbeinige Feldwebel, der schrie und drohte.

Seine grinsenden Komplizen.

Warum kommt Hannes nicht und holt sie hier raus? Jeder im Viertel weiß, was in der Benderstraße 80 passiert. Sie legt sich erneut hin und schließt die Augen. Wie geht es ihrem Sohn?

Plötzlich Stimmen vor der Tür.

Über und unter dem Schloss der Zimmertür werden Metallschienen zurückgezogen, das Schloss quietscht, dann stehen sie in der Zelle. Der Einbeinige und ein weiterer Mann in Uniform.

»Aufstehen! Mantel anziehen!«

»Kann ich nach Hause?«, fleht sie zitternd.

Keine Antwort.

Mühsam richtet sie sich auf, aber sofort wird ihr schwindelig, und sie fällt zurück. »Helfen Sie mir!«

Der uniformierte Begleiter des Feldwebels ergreift ihre Hand und zieht sie mit einem Ruck auf die Beine. Sie schreit auf und fasst sich erneut an die kaputte Schulter. Der Soldat stützt sie, der Feldwebel legt ihr den Mantel über.

»Galant wie im Breidenbacher Hof, was?«, hört sie ihn lachen.

Dann greifen die beiden Männer unter ihre Oberarme und ziehen sie aus dem Zimmer. Sie schleifen sie die Diele entlang, ins Treppenhaus und raus auf die Straße.

Die Morgensonne sticht in ihre Augen.

Sie steuern auf einen wartenden Wagen zu.

Der Soldat öffnet die Tür zum Fond.

»Rein da!«

10 Tage zuvor

Ostermontag, 2. April 1945
Düsseldorf, Oberbilker Allee 248

Else Gores erwachte erst am späten Vormittag.

Der Wecker auf ihrem Nachttisch zeigte bereits elf Uhr.

Trotz der langen und unüblich ruhigen Nacht voller Schlaf fühlte sie sich erschöpft. Die 12-Stunden-Schichten als Krankenschwester im Bilker Sankt Martinus Krankenhaus zollten ihren Tribut.

Unablässig fluteten Verletzte vom Rheinufer die OP-Säle.

An Pausen war kaum zu denken. Auf der Neusser Seite standen die Amerikaner. Am frühen Morgen des dritten März erreichte eine US Taskforce Oberkassel. Sie sollte die letzte intakte Rheinbrücke in die Düsseldorfer Altstadt besetzen. Zwei Stunden später sprengte die Wehrmacht die Skagerrak Brücke.

Oberkassel war vom restlichen Düsseldorf abgeschnitten.

Ewig durfte es nicht mehr dauern, bis dieser Horror ein Ende nehmen würde. Sie zählte die Tage und dankte Gott jeden Morgen dafür, dass ihr fünfjähriger Sohn Josef bei ihrer Mutter in Thüringen auf dem Land in Sicherheit war.

Immer wieder schlug die amerikanische Artillerie berstende Löcher in die Hausfassaden der Innenstadt und in die dahinter kauernden Familien. In solchen Stunden knallte es überall. Schreie folgten auf Schüsse und hallten durch die Straßen.

Nur Lebensmüde wagten sich während dieser Kämpfe aus den Wohnungen. Else zog die Bettdecke von ihren Beinen und fröstelte sofort. Sie dachte an Jakob. Ihr Mann musste jeden Tag Explosionen, Schlamm, Kälte und sicherlich Hunger erleben. Er lag irgendwo vor Berlin im Schützengraben und schoss seinerseits auf anstürmende Russen der Roten Armee.

Heute hatte sie frei. Nicht weil es Ostermontag war.

Der christliche Feiertag interessierte weder die Nazis noch die Alliierten auf der anderen Flussseite. Und so nahm auch die Flut der Verletzten und Gefallenen keine Rücksicht auf Jesu Auferstehung. Nein, es war einfach ihr persönlicher und regulärer freier Tag. Else Gores stand auf, wusch sich und zog sich Unterwäsche und Strümpfe an.

Sie legte einige dünne Scheite Holz und eine Schippe Kohlen in den Küchenofen und zündete alles mit einer Zeitungsseite an. Als das Feuer loderte, stellte sie den Teekessel auf die Ofenplatte. Dann ging sie zurück ins Schlafzimmer und warf ihr geblümtes Sonntagskleid über den Unterrock. Darüber zog sie die blaue Strickjacke.

Aus der Küche pfiff der Kessel schon.

Sie gab getrocknete Minzblätter in eine Kanne und goss langsam das heiße Wasser dazu. Sofort stieg ihr der würzige Duft in die Nase. Aus dem Küchenschrank nahm Else die zwei Hühnereier, ein Geschenk ihrer Nachbarin, die im Hinterhof drei Hühner hielt.

Sie kochte sie in einem kleinen Topf. Nachdenklich sah sie auf die hüpfenden Eier im sprudelnden Wasser.

Es war Ostern, sie würde beide auf einmal essen.

Die Türklingel zerriss die Stille, und Else zuckte zusammen.

Sie erhob sich vom Küchenstuhl, öffnete das Fenster und schaute hinunter auf den Gehweg. Dort stand Hedwig, die Frau ihres Lieblingsbruders Peter. Else kicherte. Von hier oben sah man nur den riesigen kugelrunden Bauch der Hochschwangeren mit einem Büschel brünetter Locken darauf. Sie ging zur Tür und drückte ihrer Schwägerin auf.

Absatz für Absatz näherte sich ein deutlich hörbares Schnaufen.

»Was schleppst du dich denn in deinem Zustand hier die Treppen rauf?«, lachte Else. Doch als Hedwig vor ihr stand, verstummte sie. Sie sah in verquollene und rot geriebene Augen.

»Um Himmels willen, was ist denn los?«, fragte sie und zog Hedwig am Arm in die Wohnung.

»Ich habe Feldpost«, antwortete ihre Schwägerin fast tonlos.

Sie sank erschöpft auf einen der Küchenstühle.

Das ist doch gut, wollte Else herausplatzen, da spürte sie einen

Kloß im Hals. Sie bekam es mit der Angst zu tun.

»Ich habe von meinem Jakob schon seit zwei Monaten keinen Brief mehr bekommen«, sagte sie stattdessen.

Hedwig hielt ihr den bereits geöffneten Umschlag entgegen.

»Er ist nicht von Peter.« Sofort schossen ihr Tränen in die Augen, und sie schluchzte herzzerreißend.

»Nein, bitte nicht …«, atmete Else aus. Sie rang nach Luft und spürte, wie ihre Beine nachgaben. Sie nahm den Brief und setzte sich zu Hedwig.

Im Felde, den 24. März 1945

Sehr geehrte Frau Böhnke!

Beim Gefecht in Küstrin fiel am 22. März 1945 Ihr Mann, der Hauptgefreite Peter Böhnke, im Kampf um die Freiheit Großdeutschlands in soldatischer Pflichterfüllung, getreu seinem Fahneneid für Führer, Volk und Vaterland.

Zugleich im Namen seiner Kameraden spreche ich Ihnen meine wärmste Anteilnahme aus. Die Kompanie wird Ihrem Mann stets ein ehrendes Andenken bewahren und in ihm ein Vorbild sehen.

Die Gewissheit, daß Ihr Mann für die Größe und Zukunft unseres ewigen Deutschen Volkes sein Leben hingab, möge Ihnen in Ihrem schweren Leid Kraft geben und Trost spenden.

In aufrichtigem Mitgefühl grüße ich Sie.

Heil Hitler

Rössler, Kompanieführer

»Nein! Nein!!«, schrie Else. »Nicht auch noch Peter. Reicht es dir denn nicht, dass du schon Walter zu dir holtest?« Sie richtete den Blick zur Decke. »Jetzt auch noch Peter?« Sie schlug die Hände vors Gesicht. Tränen rannen über ihre Wangen und tropften auf ihr Kleid. Sie legte den Kopf auf den Tisch.

»Ich bin doch schwanger. Das Kind kommt doch bald«, vernahm sie die kaum hörbare Stimme Hedwigs. Sie hob den Kopf und sah ihre Schwägerin an, die ihr wie versteinert gegenüber saß, den Blick starr auf die Wand gerichtet. Else kramte ein Taschentuch aus ihrer Strickjacke, wischte sich damit übers Gesicht und streichelte danach mit ihrem Handrücken Hedwigs Wange.

»Verzeih mir. Ich schreie hier herum und vergaß, dass es nicht nur um meinen Bruder, sondern auch um deinen Mann geht, den Vater eures Kindes.« Sofort schossen ihr erneut die Tränen in die Augen, und sie schlug wieder und wieder mit der Faust auf die Tischplatte, bis Hedwig sie nahm und festhielt.

»Ich werde dir helfen, wo immer ich kann«, schluchzte Else.

Hedwig griff nach dem Kuvert, angelte die halbe Blechmarke heraus und drückte sie fest an ihre Brust. »Sieben Jahre waren wir verheiratet und haben kaum etwas voneinander gehabt. In seinem letzten Urlaub zeugten wir dieses Kind«, sie strich sich über den Bauch, »… und jetzt wird es als Halbwaise zur Welt kommen. Ich kann es nicht fassen, dass er niemals mehr nach Hause kommen wird, sein Kind nicht sieht.«

Sie begann erneut zu weinen.

Beide Frauen schwiegen.

Nach einer Weile nahm Hedwig Elses Hand und legte sie auf ihren Bauch. »Fühl mal.«

Else nahm die Bewegungen des Kindes wie Klopfzeichen wahr. Manche stärker, als setze das Kind seine Fäuste ein. Dann wieder zarte, kaum fühlbare Stöße gegen die Bauchdecke. »Eine Nachricht aus der Höhle«, flüsterte Else, als wolle sie das Kind nicht stören. »Ich glaube, das Baby will dir sagen, du bist nicht allein. Ich will leben. Ob im Krieg oder im Frieden. Ich brauche nur deine Liebe und deinen Schutz.«

»Das ist sehr tröstlich, was du sagst. Danke. Das Kind ist das Beste, was mir bleibt. Ich liebe es doch jetzt schon. Und ich werde es schützen. Das wird meine Hauptaufgabe werden.« Hedwig schlang ihre Arme um Elses Hals und gab ihr einen Kuss.

Else fragte: »Wissen meine Eltern schon Bescheid?«

Elses Vater lebte mit seiner zweiten Frau ebenfalls in Düsseldorf und kämpfte noch im Volkssturm.

Hedwig schüttelte den Kopf.

»Ich bin sofort zu dir gekommen«, wimmerte sie.

»Wir müssen es auch ihnen beibringen«, flüsterte Else.

»Ja … müssen wir. Ich habe aber kein schwarzes Kleid, Else.«

»Ich kann dir eins von meiner Mutter geben. Das fällt dir locker über deinen Bauch.«

»Danke , du bist so lieb. Ich bin froh, dass du bei mir bist. Darf ich heute Nacht bei dir bleiben?«

»Gerne, mir ist auch nicht nach Alleinsein zumute.«

Dienstag, 3. April 1945
Düsseldorf, Ellerstraße

Fünf Soldatenstiefel, ein klobiger Halbschuh und ein Stock marschierten stampfend über das Pflaster der Ellerstraße. Der Halbschuh bildete das Ende einer hölzernen Beinprothese, die oberhalb des Knies am verbliebenen Stumpf des Oberschenkels hing und bei jedem Schritt nach links ausschwenkte.

Sie gehörte Feldwebel Adolf Stützer, der als Pilot der Luftwaffe an der Ostfront mit seiner Maschine abgeschossen wurde und später sein linkes Bein verlor.

Nach einer einjährigen Zwischenverwendung im Büro des Fliegerhorst Düsseldorf-Lohausen wurde er im März der Heeresstreife unter Leitung von Hauptmann August Kaiser zugeteilt.

»Wir sind da!«

Schnaufend holte Stützer ein schmuddeliges Tuch aus seiner Hosentasche und wischte sich den Schweiß von der Stirn.

Er schaute noch einmal auf seinen Befehl, dann auf die gusseiserne Hausnummer an der Fassade. Die wuchtige Eichentür stand ein Stückchen offen.

»Und bitte, meine Herren!«

Die beiden Soldaten zu seiner Seite stürmten das Treppenhaus und jagten hoch in die zweite Etage. Stützer folgte ihnen, mit seiner Prothese Stufe für Stufe nehmend. *Tok, tok, tok,* schlug der Stock schwer auf die ausgetretenen Holzstufen.

Im ersten Stock angekommen hörte er seine Männer über sich gegen die Wohnungstür der Wagners hämmern und kurz darauf, wie diese geöffnet wurde und eine Frauenstimme fragte: »Ja bitte?«

»Ich bin gleich bei Ihnen, Frau Wagner«, rief Stützer nach oben.

»Frau Helga Wagner?«, fragte er, nachdem er endlich vor der Tür ankam. Die etwa 40-jährige Frau mit der umgebundenen Küchenschürze nickte.

»Dürfen wir reinkommen?«

Ohne eine Antwort abzuwarten, drängten er und seine zwei Begleiter an der Frau vorbei zunächst in die Diele und dann weiter in die Küche. Am Tisch saß der Herr des Hauses, las in der Rheinischen Landeszeitung und führte sich mit den letzten beiden verbliebenen Fingern der linken Hand kleine belegte Brotstücke in den Mund. Seine Frau schnitt sie ihm zurecht.

Deine Dominosteine, meinte sie lächelnd jeden Morgen zu ihm.

Die Soldaten postierten sich beidseits der Tür, während Stützer um den Tisch in der Raummitte polterte und dabei Schranktüren öffnete, Vorratsdosen von der Anrichte nahm und sie von allen Seiten betrachtete. Die Frau warf einen unsicheren Blick zu ihrem Mann, der gelassen einen Dominostein nach dem anderen vom Teller nahm und aß.

Stützer blieb stehen und wandte sich dem Mann zu.

»Mutti macht gutes Frühstück, was?«

Der Mann hob den Kopf und sah dem Eindringling mit der offen getragenen Fliegerjacke in die Augen.

»Wie alt sind Sie?«, wollte Stützer wissen.

»42«

»Und was frühstücken Sie hier gemütlich und lesen Zeitung, statt unser Vaterland an der Front zu verteidigen?«

Der Mann hob seinen rechten Arm in die Höhe, so dass der vernarbte Stumpf aus dem Ärmel lugte. Adolf Stützer zog einen der freien Stühle zurück, setzte seinen Halbschuh auf die Sitzfläche und klopfte auf sein Holzbein. »Ja und? Ich mache auch weiter!«

»Mein linkes Auge ist aus Glas. Das echte hat ein Granatsplitter erwischt. Mir fehlt die rechte Hand, und an der linken besitze ich nur noch Daumen und Zeigefinger. Sie müssten mir das Gewehr schon halten, damit ich den Abzug ziehen kann. Reicht das?«

Dann erhob sich der Mann von seinem Stuhl und ging um den Tisch herum auf Stützer zu. »Ich war Oberleutnant der Wehrmacht. Was also kann ich für Sie tun, Feldwebel?«

Krachend landete das Holzbein wieder auf dem Fußboden.

Stützer drückte seinen Rücken durch und zog ein Blatt aus der Innentasche seiner Uniformjacke. Er hielt das Papier ganz dicht vor das gesunde Auge des Mannes. »Wir suchen Volker Wagner, Ihren Nichtsnutz von Sohn. Er ist fahnenflüchtig und soll sich hier bei Ihnen aufhalten.«

»Das ist nicht wahr!«, schrie Helga Wagner mit Entsetzen in der Stimme. »Er ist nicht fahnenflüchtig, sondern krank. Er liegt mit fast 40 Fieber im Bett. Das ärztliche Attest habe ich gestern zu seiner Befehlsstelle am Bilker Bahnhof gebracht. Die wissen Bescheid!«

Stützer drehte sich wieder zum Vater des Gesuchten und sah ihn scharf an. »Oberleutnant! Könnten Sie Ihre Frau wohl aufklären über die richtige Reihenfolge? Erst die Krankmeldung, dann ins Bett! Und nicht umgekehrt. Ihr Sohn hat sich bereits vor drei Tagen unerlaubt von der Truppe entfernt. Und erst gestern kommt die Krankmeldung?«

Er wandte sich seinen Männern zu: »Durchsuchen!«

Die beiden räumten ihren Posten an der Tür zur Diele und drangen in ein weiteres, angrenzendes Zimmer ein.

In diesem lag der sechzehnjährige Volker Wagner im Bett, hochrot im Gesicht, mit röchelndem Husten und sichtlich Schmerzen beim Atmen. Das Fieberthermometer hatte morgens 40 Grad Celsius gezeigt. Trotz bis zum Hals gezogener Decke raselte der Junge vor Schüttelfrost.

Mit halbgeöffneten Augen und Schweißperlen auf der Stirn bot er einen jämmerlichen Anblick. Der stetige Husten entlud sich in krächzenden Ausstößen, die wie das Gebell eines heiseren Hundes klangen. Helga Wagner stürmte hinter den Männern her in das Zimmer ihres Sohnes. »Sie sehen doch, wie krank er ist. Von Drückebergerei kann doch keine Rede sein.«

»Wollen Sie mich als Lügner hinstellen, Frau Wagner?«, tönte es scharf in ihrem Rücken, und Stützer schob sich an das Fußende des Bettes. »Dann nehme ich Sie auch gleich mit. Ihr Sohn ist abgehauen, sonst stünde er nicht auf meiner Liste.« Mit zusammengekniffenen Augen wandte er sich an den Jungen: »Du bist Volker

Wagner und im Volksgarten eingesetzt, um Panzergräben auszuheben?« Volker hustete, als er zu antworten versuchte.

»Ja«, krächzte er.

»Rede lauter mit mir«, fuhr ihn der Feldwebel an.

»Hören Sie, Herr Feldwebel, mein Sohn hat 40 Fieber, er ist sehr schwach, hat Schmerzen und Husten. Ich brachte die Krankmeldung zur Schanzengruppe. Bitte glauben Sie mir doch.«

Helga Wagner war die Verzweiflung anzuhören.

»Warum sollte ich Ihnen glauben? Sie wollen eine Memme aus ihm machen. Alles Lüge. Mir liegt hier die Meldung vor …«, er wedelte mit dem Blatt Papier in der Luft, »... dass er sich vom Einsatzstandort entfernte und nicht zurückkehrte. Los, steh auf! Wir bringen dich jetzt zur Polizei. Du weißt, was auf Fahnenflucht steht? Das wurde euch doch erklärt, nicht wahr? Dachtest wohl, du hast deine Pflicht für Führer und Volk nicht nötig, was?«

»Bitte, Herr Feldwebel, sehen Sie ihn doch an!« Helga Wagner zerrte an Stützers Arm. »Von dem Fieber ist er sehr schläfrig, er hustet und hat Schmerzen. Er kann noch nicht einmal laufen. Wie soll er kämpfen? Sobald sich das Fieber senkt, meldet er sich wieder bei seiner Truppe. Das ist doch klar. Lassen Sie unseren Sohn um Gotteswillen hier!«

Adolf Stützer ergriff ihre Finger am Ärmel seiner Fliegerjacke und bog sie nach hinten, so dass die Frau laut aufschrie.

»Mutter!«, krächzte es aus dem Bett.

Stützer hielt ihre Finger weiter in seiner Hand. »Halten Sie sofort die Fresse, oder ich jage ihm schon hier eine Kugel in den Kopf. Hier vor Ihnen! Hier im Bett!«

Nun endlich kam auch Gustav Wagner in die kleine Kammer.

»Ich werde jetzt den Arzt anrufen. Was meine Frau Ihnen sagte, stimmt. Wenn man in der Schanzengruppe nicht in der Lage ist, Ihnen die Krankmeldung weiterzuleiten, dafür kann doch unser Sohn nichts. Sie sind jung, was täte Ihre Mutter, wenn sie so krank dalägen und einer Ihrer Kollegen Sie holen wollte?«

Adolf Stützer drehte sich langsam um und ging auf ihn zu. Dann packte er schneller, als es der ehemalige Oberleutnant erwartete, mit der rechten Hand dessen Hals und drückte den Mann gegen die Wand. »Meine Mutter hatte ein steifes Bein von Geburt an. Es ist mir scheißegal, was dieser unnütze Krüppel in dieser Lage denken oder tun würde, haben Sie mich verstanden? Und jetzt erfüllen wir unsere Pflicht für das Vaterland. Noch ein Versuch, uns dabei zu behindern, und es knallt. Haben wir uns jetzt endlich verstanden?«

Helga Wagner stand der Mund vor Entsetzen offen. Sie starrte diesen Mann nach den Worten über seine eigene Mutter betäubt an.

»Mitnehmen!« Stützer sah zu den zwei Soldaten und zeigte mit abgewinkeltem Daumen aufs Bett.

Schnell zogen diese die Bettdecke zurück, ergriffen die Oberarme des Jungen und zerrten ihn aus dem Bett. Volker Wagner hing in seinem Pyjama mehr zwischen den beiden, als dass er stand.

Seine Mutter warf sich dazwischen, schrie wie von Sinnen und umklammerte ihren Sohn. Stützer nahm bedächtig seine Pistole aus dem Holster und fing an zu zählen: »Eins, zwei ...«

Gustav Wagner sprang dazu, bog mit seinen Stümpfen die Arme seiner Frau auseinander und zog sie von ihrem Jungen weg. Die beiden Männer der Heeresstreife schleppten den fast bewusstlosen Jugendlichen mit sich aus der Wohnung.

»Neeeeiiin ...«, schrie seine Mutter hinter ihnen her.

»Ab zum Standgericht! Da gehört der Feigling hin!«, verkündete Stützer und polterte die Stufen runter. Unter den gaffenden Blicken einiger Passanten schleiften sie Volker Wagner bis zum geparkten Wehrmachtswagen und fuhren mit ihm davon.

»Ab zum Eller Forst. Das Standgericht können wir uns sparen«, befahl Stützer dem Fahrer.

»Zu Befehl!«

Mittwoch, 4. April 1945
Oberbilker Allee 284

Else wusch sich, band ihre dunkelblonden Haare zu einem Dutt und zog Unterwäsche, Strümpfe und ihre bequemen Halbschuhe an. Ihre Füße würden heute wieder einige Kilometer laufen müssen. Als sie das Fenster öffnete und den Kopf herausstreckte, blies ihr frischer Wind ins Gesicht. Sie warf ein leichtes Kleid über. Der Mantel war nicht mehr der sauberste, aber ohne ihn würde sie sich erkälten. Else nahm ihre Handtasche und einen Korb, den sie mit zwei Fleischerhaken an den Fahrradlenker hängen konnte. Auf dem Rückweg am Abend würde sie noch etwas zum Essen besorgen. Manchmal gab es sogar Obst in der Suppenküche. Sie steckte ihre Lebensmittelkarte ein und wollte die Wohnung verlassen, als sie den Zettel sah, der in der Diele vor der Tür lag. Jemand musste ihn unten durch den Türspalt geschoben haben. Sie hob das Papier auf und las.

Erste-Hilfe Kurs vom Roten Kreuz
Gartensiedlung am Südfriedhof. Vereinsheim, 21 Uhr
Zur Übung Stoffreste, Knöpfe und Wäscheklammern mitbringen
DRK Lihiese

Else schmunzelte. *Lihiese* war ihr Kosename, den Karola ihr im Jahr 1924 verpasste. Karola, ihre Freundin von Kindertagen an, engagierte sich seit wenigen Wochen in der Antifaschistischen Kampfgruppe, die im Sommer 1944 von dem Düsseldorfer Hermann Smeets, ehemaligen KPD-Mitgliedern und anderen Gegnern der Nationalsozialisten gegründet worden war und seitdem in vielen Städten Deutschlands entstanden.

Sie führten keine aktiven Partisanenkämpfe gegen die Wehrmacht, dafür war die Gruppe der aktiven Mitglieder zu klein und unerfahren. Sie beschränkte sich jedoch nicht auf das Verstecken von Deserteuren, sondern druckten Flugblätter, die sie verteilten, sprachen Volkssturmangehörige an, die Waffen niederzulegen. Damit setzten sie ihr Leben aufs Spiel, doch Else konnte Karola das nicht ausreden, obwohl sie es immer mal wieder versuchte.

Ihre Freundin war schon als Mädchen dasjenige von ihnen, das auf Bäume kletterte, Fußball spielte und sich völlig unbekümmert mit den Jungs raufte. Noch dazu stur wie ein Esel.

Die Worte *Stoffreste, Knöpfe* und *Wäscheklammern* standen für Verbandsmaterial, Penicillin und Aspirin.

Sie mussten in der Gartensiedlung jemanden versteckt halten, der medizinische Hilfe benötigte. Else verließ die Wohnung, nahm ihr Fahrrad, das im Hausflur stand und radelte zum St. Martinus Krankenhaus.

Da sie als Hilfskrankenschwester auf einer chirurgischen Station mit frisch Verletzten arbeitete, würde es möglich sein, das erforderliche Material mitgehen zu lassen. Dabei ertappt zu werden, konnte auch den Tod bedeuten, je nachdem, wer sie erwischte. Allerdings würde Karola sie nicht bitten, wenn es nicht wichtig wäre.

Else bog gerade in die Gladbacher Straße ein und näherte sich bereits ihrer Arbeitsstätte, als amerikanische Artilleriegeschütze aus südwestlicher Richtung mal wieder das Feuer eröffneten.

Das Krankenhaus stand nur sechs Kilometer Luftlinie vom Rheinufer in Neuss entfernt. Sofort ließ sie sich vom Rad fallen und robbte in eine Toreinfahrt, um sich vor Granatsplittern in Deckung zu bringen. Es gab kaum Splitterschutz zwischen den Schutthaufen aus Trümmern. Auf der anderen Straßenseite rannten Menschen schreiend in Richtung Krankenhaus. Zwei Männern rann Blut übers Gesicht. Einer der beiden drückte seine Hand gegen den Kopf, lief direkt auf sie zu und sackte vor einer Tür zusammen.

Die zwei werde ich gleich im Dienst wiedersehen, dachte Else.

Eine Frau mit einem Kinderwagen lief orientierungslos über die Straße. Else trat ein Stückchen aus dem Toreingang heraus und rief:

»Komm hierher!« Sie winkte, aber die Frau nahm sie überhaupt nicht wahr. Sie rannte einfach weiter und fiel plötzlich zu Boden. Der Kinderwagen rollte noch ein Stück, knallte dann gegen den Bordstein und kippte um. Krähendes Babyschreien folgte sofort.

In der Neusser Straße schlug eine Granate ein.

Eine ohrenbetäubende Explosion zerriss die Luft. Steinbrocken flogen umher, eine Staubwolke quoll von der Einmündung in die Gladbacher Straße hinein. Ein älteres Ehepaar lief zu der gestürzten Mutter. Der Mann beugte sich über sie und legte seine Finger an ihren Hals. Dann forderte er einen Jungen, der an ihnen vorbeilief, auf, ihm dabei zu helfen, die Frau das kurze Stück bis ins Krankenhaus zu tragen. Seine eigene Frau wiederum hob das aus dem Kinderwagen geschleuderte und schreiende Baby auf, schüttelte Dreck von einem Kissen und platzierte den Säugling wieder in seinen Wagen. Dann schob sie hinter den dreien her.

Else zog sich tiefer in die Toreinfahrt zurück. Dieses Geschehen zeigte ihr wieder einmal die große Gefahr, die von den Granaten ausging. Sie fühlte sich schwindelig. Erinnerungen an das schwere Bombardement im Mai 1940 holten sie ein. Ihre erste Flucht vor Bomben in den Bunker am Oberbilker Markt, die heulenden Sirenen, ihren schreienden fünf Monate alten Sohn Josef auf dem Arm, eine Tasche mit persönlichen Habseligkeiten in der anderen Hand und die Todesangst im Gepäck.

Der zweite Großangriff erfolgte 1943, Pfingsten, der noch viel mehr Zerstörung und Leichen hinterließ. Und inzwischen, 1945, lag Düsseldorf in Schutt und Asche. Der Krieg wurde Alltag. Else wartete eine Weile. Ein Tuch der Stille legte sich über die Szene. Diese trockene, staubige, gespenstige Stille nach einem Einschlag.

Unwirklich. Unscharf. Wie taub.

Sie nahm das Fahrrad auf und schob es die Straße hinauf bis zum Eingang des Krankenhauses. Schon wieder zu spät, zeigte ein Blick auf die Uhr. Sie ging mit dem Rad zu einem Nebengebäude im Garten und stellte es dort ab. Dann lief sie durch die Gänge zum Umkleideraum der Schwestern. Else wechselte ihre Kleidung, zog den weißen Kittel über, stellte den Korb in ihren Spind und eilte zu ihrer Station der chirurgischen Abteilung. Ihre Kolleginnen und die Pfleger saßen schon in der Tagesbesprechung.

»Einige Zivilisten sind gekommen, ein junges Paar wurde gebracht. Schwer verletzt. Sie sind bereits im OP«, informierte Oberschwester Ursula.

»Ich sah eine Mutter mit Kinderwagen. Wohin habt ihr denn das Kind gebracht?«

»Das kommt der Opa abholen, den konnten wir Gott sei Dank schon erreichen. Die Mutter hat mehrere Splitter in den Bauch gekriegt und steht noch unter Schock. Du wirst sie nach der OP versorgen.«

»Ich muss unbedingt was trinken. Darf ich mir einen Tee aufbrühen?«

»In der Kanne ist noch Pfefferminztee.«

Das Stationstelefon klingelte. Die junge Mutter könne aus dem OP abgeholt werden. Else stand auf und machte sich auf den Weg, das Bett mit der narkotisierten Frau entgegenzunehmen.

Blutdruck und Puls zeigten sich stabil, Else verrichtete ihre normalen Aufgaben und lief immer wieder, um nach ihr zu schauen. Zwei Stunden später wachte die Frau auf und stöhnte.

»Wo bin ich?«

Else nahm ihre Hand und erzählte, was am Vormittag geschehen war, und dass ihr Kind vom Großvater abgeholt wurde. Dann verabreichte sie eine neue Dosis eines starken Schmerzmittels. Kurz darauf schlief die Frau wieder ein. Else verließ das Zimmer mit dem schönen Gefühl, dass die Mutter es schaffen würde.

Jetzt konnte sie sich mit den Kolleginnen weiter um die vierzig anderen Patienten der Station kümmern.

Erst um halb neun am Abend endete ihre Schicht. Else befand sich allein auf der Station und übergab die Patientenkladden an die soeben eingetroffene Nachtschwester Mathilde.

Dann verabschiedete sie sich von ihr und steuerte auf den Stationsausgang zu. Als Mathilde ihren Rundgang im ersten Zimmer begann, nutzte Else die Gelegenheit und huschte ins Dienstzimmer zurück.

Leise öffnete sie die Tür des Medizinschranks mit jenem Schlüssel, der in der Schublade einer anderen Anrichte verwahrt wurde, um Unbefugten die Suche zu erschweren. Die Arzneimittel standen nach Gruppen geordnet.

Eine große Dose mit Aspirintabletten fand sie bei den Schmerzmitteln, Penicillin unter den Antibiotika. Verbandsmaterial lagerte im Nebenschrank.

Plötzlich fiel ihr ein, dass sie ihren Korb im Spind vergessen hatte. Wohin mit den Mullbinden und den Tabletten? Die Zeit erlaubte es nicht, erst zur Umkleide und wieder zurückzulaufen.

Sie nahm hastig je sechs Aspirin- und Penicillintabletten und steckte sie in die rechte Tasche ihres Kittels. Mehr zu nehmen würde mit Sicherheit auffallen. Außerdem empfand sie es als unfair den verwundeten Soldaten gegenüber, die sie dringend benötigten. Sie riegelte den Medizinschrank ab, ließ aber den Schlüssel im Schloss und öffnete vorsichtig die Tür zum Flur.

Niemand war zu sehen. Man würde sie erschießen, wenn der Diebstahl auffiele und sie in Verdacht geriete.

Plötzlich erschallte Lärm auf dem Flur. Jemand rief nach einer Schwester, dann hörte sie eilige Schritte, die jedoch vor dem Schwesternzimmer stoppten. In Elses Kopf jagten die Gedanken. Sie stand immer noch in der offenen Tür, unfähig sich zu bewegen. Doch die Schritte entfernten sich, und irgendwo im Gang fiel eine Tür ins Schloss.

Sie atmete tief durch, dann fischte sie schnell Mullbinden und Pflaster aus dem Verbandsschrank, die sie fast vergessen hätte. Hektisch wickelte sie die Binden, Pflaster und die Tabletten in ein Handtuch, das mit anderen im untersten Fach des Schrankes lag. Dabei fielen unbemerkt zwei Tabletten auf den Boden. Endlich verließ sie das Dienstzimmer und eilte den Gang entlang. Das Klackern ihrer Schuhe wurde in ihrem Kopf immer lauter, und der Flur erschien ihr kilometerlang. Als der Ausgang zum Greifen nah schien, öffnete sich die Tür eines Krankenzimmers.

Nachtschwester Mathilde trat in den Gang und prallte fast mit ihr zusammen. Mathilde zog eine Augenbraue hoch.

»Ach, du bist noch hier? Ich dachte, du seist schon weg.« Dann stutzte sie. »Was machst du denn mit dem Handtuch? Wenn es zur Schmutzwäsche muss, kann ich es mitnehmen. Ich komme am Bad vorbei und kann es in den Eimer schmeißen.«

Sie machte einen Schritt auf Else zu und streckte die Hand aus.

Else klopfte das Herz bis zum Hals.

»Ich wollte mich ohnehin im Bad erst kurz frisch machen, weil ich gleich Besuch von meiner schwangeren Schwägerin bekomme. Mit all den Bakterien, die wir mit nach Hause schleppen, will ich Hedwig nicht in Berührung bringen. Leider vergaß ich, mein eigenes Handtuch mitzubringen, deshalb nahm ich eins aus unserem Bestand. Seit gestern gibt es kein Wasser im Haus wegen eines Rohrbruchs«, krächzte sie mehr, als dass sie sprach.

»Du bist ganz blass. Ist dir nicht gut?«

»Ach, Mathilde, der Tag war lang und heute Morgen der Angriff … ich bin einfach fertig. Das Handtuch schmeiße ich gleich in den Wäscheeimer.«

»Ja, mach das. Ich verstehe dich. Bei uns liegen viele Verwundete mit Eiterinfektionen. Man muss sehr vorsichtig sein bei Hochschwangeren. Ach, was ich dich seit vorgestern schon fragen wollte … wie geht es eigentlich dem Franz Keller? Hast du noch Kontakt zu dem?«

Else riss sich zusammen und versuchte sich zu konzentrieren.

»Wie kommst du denn jetzt darauf? Das mit Franz ist doch bestimmt schon fünfzehn Jahre her.«

»Ach, ich vergaß nie dieses Drama mit euch beiden. Erinnerst du dich nicht mehr daran, dass du mit mir darüber sprachst? Ich konnte das nie vergessen, die erste Liebe und dann deine Eltern. Fiel mir mal wieder ein.«

»Das ist lange her. Ich habe ihn ewig nicht gesehen.«

»Oh … da schellt wieder jemand, ich muss weiter. Wünsche dir einen schönen Feierabend.«

»Und dir eine gute Wache«, erwiderte Else und steuerte auf das Bad zu, während die Nachtschwester zu jenem Patientenzimmer lief, an dessen Tür das Licht blinkte. Else schaute im Bad in den

Schmutzwäscheeimer. Darin lagen mehrere Handtücher und Waschlappen. Das war gut. So würde Mathilde nicht merken, dass Else ihres nicht hineingeworfen hat.

Inzwischen konnte man niemandem mehr trauen.

Denunzieren entwickelte sich zum Volkssport.

Sie eilte in das Nebengebäude. Als sie auf die Uhr schaute, stellte sie fest, dass es schon halb neun war. Um neun sollte sie an der verabredeten Stelle sein. In Windeseile zog sie sich vor ihrem Spind um, hängte den Kittel weg, warf das Handtuch in den Korb, nahm ihn und schloss die Tür. Sie lief zu ihrem Fahrrad, hängte den Korb an den Lenker und fuhr los.

Während der Fahrt musste sie an das Gespräch mit Mathilde denken. Franz Keller! Damals war sie fünfzehn. Ihre erste große Liebe. Bis ihre Eltern die Beziehung verboten, weil Franz ein Cousin zweiten Grades war.

Wieso fragte Mathilde ausgerechnet jetzt nach ihm? Else wusste nicht einmal, wo Franz steckte. Irgendwo an der Front vermutlich. Wenn er überhaupt noch lebte. Der letzte Kontakt lag Jahre zurück.

Die Schrebergartensiedlung befand sich am Rand der Fleher Straße, auf der Höhe des Südfriedhofs. Else kannte sich dort aus, weil ihr Großvater hier begraben lag und sie sein Grab vor dem Krieg öfter mit Blumen schmückte. Sie fuhr über einen breiten baumbestandenen Mittelweg für Fußgänger und Radfahrer zwischen zwei asphaltierten Autofahrbahnen, die von der Völklinger Straße geradeaus zum Friedhof führten. Kurz vor dem Friedhofseingang bog sie links in einen Weg, der sie zu den Gärten brachte. Die Dunkelheit machte ihr zu schaffen, das Fahrrad besaß kein Licht, und sie musste aufpassen, nicht in einen der Granattrichter zu fahren. Obwohl sich in vielen der nicht völlig zerstörten Gartenlauben Obdachlose oder Verfolgte versteckten war es ungewöhnlich still. Vielleicht gerade deswegen. Die Heeresstreifen suchten auch hier.

Sie sollte jetzt sehr vorsichtig sein.

Das Vereinsheim war nicht schwer zu finden. Es stand im Zentrum der Anlage. Else stellte das Rad ab, fasste in den Korb und holte die Taschenlampe heraus. Sie ließ sie dreimal schnell aufleuchten. Die Fenster waren nicht verdunkelt, und so nahm sie im unteren Raum des Gebäudes ein kurz aufflackerndes Licht wahr. Else zog den Korb von der Lenkstange und ging achtsam auf den Eingang des Vereinsheims zu.

Dort tauchte plötzlich eine Gestalt im Schatten auf.

»Gott sei Dank, endlich! Ich hatte schon Angst um dich«, hörte sie Karolas Stimme. »Komm schnell rein, wir müssen vorsichtig sein. Gestern waren drei Leute von der Heeresstreife hier. Sie durchsuchten die Gartenhäuser.« Karola war nicht allein. Zwei Männer ihrer Gruppe, die Else nicht kannte, standen im vorderen Raum Wache. Die beiden Frauen gingen an ihnen vorbei in den hinteren Teil des Heims. Von dort gelangten sie über eine Treppe in eine Kellerwohnung, die als Lagerraum für Gartengeräte diente. Vor einem der drei Zimmer blieb Karola stehen. Else öffnete die Tür und schrie auf. Sofort legte sich Karolas Hand auf ihren Mund und erstickte schnell den Schrei. Auf einer alten Matratze lag ein englischer Soldat und starrte sie mit schneeweißem Gesicht an.

»Das ist ein englischer Pilot, der sich mit dem Fallschirm rettete. Joachim, einer der beiden Jungs oben, sah ihn heute Morgen beim Rundgang in einer Hecke liegen und stützte ihn bis hierher. Er ist kurz vor der Landung von einer heftigen Bö erwischt worden und knallte in einen Zaun. Eine der Stangen bohrte sich in seine Wade. Die Wunde ist entzündet. Er kann nicht aufstehen oder gehen. Er darf aber nicht länger bleiben. Im Moment benötigt er erst einmal was gegen die Schmerzen und die Entzündung. Konntest du alles besorgen?«

»Ja, fast wäre ich aufgefallen. Aber es ging noch mal gut.«

Sie erzählte Karola kurz die Situation mit der Nachtschwester.

»Das Handtuch darfst du nicht mehr mit ins Krankenhaus nehmen. Sonst besteht die Gefahr, dass sie dich doch noch erwischen, und du bist wegen Diebstahl eines Handtuches dran. Für die gibt es doch immer Gründe, von Volksverrat zu sprechen. Komm jetzt rein und kümmere dich um den Mann. Er spricht nur wenig Deutsch.«

»Und was macht er danach? Wenn er versorgt ist?«

»Gleich kommt jemand mit Motorrad und Beiwagen. Der holt ihn ab. Kannst du ihn bis morgen bei dir aufnehmen? Es gibt in deiner Wohnung doch die Vorratskammer, in der ich unsere Akten versteckt habe. Hinter der beweglichen Wandattrappe könnte er kauern, bis wir ihn morgen Abend abholen und wieder auf die andere Rheinseite bringen. Wir kennen jemanden, der das arrangieren kann.«

»Bist du verrückt? Hinter der Wand ist der Platz so schmal, dass ein Mensch nur aufrecht stehen kann. Das hält selbst einer mit gesunden Beinen nur kurz aus. Aber der hier überhaupt nicht. Außerdem habe ich sehr neugierige Nachbarn. Hitlertreue dazu.«

Sie näherte sich dem Soldaten, einem jungen schlanken Mann von vielleicht fünfundzwanzig Jahren.

Unterhalb des hochgekrempelten Hosenbeins erkannte sie die klaffende Wunde.

»Guten Abend«, begrüßte sie ihn, ohne ihm die Hand zu geben.

»Hi Misses, sorry ...«, er wies auf die Wunde.

»Ich werde Sie verbinden. Sie bekommen Medizin gegen die Schmerzen. Und Penicillin. Nehmen Sie jetzt eine Tablette Penicillin und in sechs Stunden eine weitere.«

Sie zeigte auf ihre Armbanduhr, auf eine Tablette und hob dann sechs Finger. »Die Schmerztabletten können Sie bei starken Schmerzen nehmen. Aber viel mehr kann ich nicht tun.«

Sie schaute demonstrativ auf die Wunde, verzog ihr Gesicht und deutete auf das Aspirin. Sie gab ihm die Tabletten und stutzte. Von den sechs Penicillintabletten fehlten zwei. Sie suchte hektisch in ihren Taschen und begann zu schwitzen. Sie sah in den Fahrradkorb, rollte das Handtuch hin und her, doch es blieb bei vier Tabletten. Waren sie aus dem Handtuch gerutscht auf dem Weg hierher? Das konnte sie nur hoffen. Sie schickte ein stummes Stoßgebet gen Himmel. Die Tabletten durften ihr bloß nicht im Dienstzimmer heruntergefallen sein. Sie mussten noch in ihrer Kitteltasche sein. Das war die plausibelste Erklärung, und mit ihr beruhigte sie sich.

Karola überließ dem Engländer ihre Flasche mit Wasser, um die ersten Tabletten einzunehmen. Else holte den Mull und den Verband aus dem Handtuch. Karola reichte ihr eine Schale mit Wasser. Sie säuberte notdürftig die stark entzündete Wunde, legte Mull darauf und den Verband an.

»Ziehen Sie Ihre Strümpfe darüber. Der Verband darf nicht auffallen.« Sie begleitete ihre Worte mit passenden Gesten. Der Mann zog seine Strümpfe hoch, streifte das Hosenbein darüber. »Dank, dank«, stammelte er auf Deutsch.

»Good luck«, wünschte sie. Sie drehte sich zu Karola: »Komm bitte mit nach draußen. Wir müssen etwas besprechen.«

Erstaunt ob des ernst klingenden Tonfalls in Elses Stimme folgte Karola ihr. »Karola, warum sagtest du mir nicht vorher, dass er einer der Alliierten ist, deretwegen ein erheblicher Teil unseres Volkes in Bunkern oder in Trümmern lebt und Hunger leidet? Ich habe gerade einem unserer Feinde geholfen, die uns in diese schreckliche Lage versetzen und nicht einmal an unsere Kinder denken. Meinst du, wenn er bald wieder im Feld ist oder uns aus der Luft angreift, denkt er an die liebe Karola und die liebe Else zurück, die sein Leben gerettet haben? Er wird weiter den Befehlen gehorchen und unsere Männer, unsere Soldaten töten, wo er sie nur treffen kann. Wir begehen damit Volksverrat. Darauf steht die Todesstrafe. Meinst du, die Feinde nehmen unsere Soldaten nur gefangen und schicken sie nach dem Krieg einfach alle nach Hause? Das glaube ich nicht.«

»Else, wenn du so denkst, dann hättest du besser in der Rüstungsfirma bleiben müssen. Warum wolltest du Pflegerin werden? Doch um kranken und verletzten Menschen zu helfen, unabhängig von der Abstammung. Und gerade schaltest du dein Herz aus und plapperst Doktor Göbbels nach. Aber dieses große Herz sammelt seit Monaten für Fahnenflüchtige Zivilkleidung und bringt sich damit auch in Todesgefahr.«

»Ach Karola, für dich ist immer alles so klar. Ich weiß manchmal nicht mehr, was ich glauben soll und was richtig und falsch ist. Ich fahre jetzt nach Hause. Dein Genosse muss jemand anderen finden zum Übernachten. Vielleicht kann er ja zu dir?«

»Nein, das geht nicht. Mein Bruder ist seit zwei Tagen bei mir, er ist auch verwundet, und seine Wohnung ist zerstört. Und du kennst ihn doch … er hat sich nicht geändert. Deutschland über alles.«

Else sah sich um und entdeckte den kaputten Fallschirm, der unter dem Fenster lag.

Aus der Seide könnte sie was Schönes schneidern.

»May I?«, fragte sie den Soldaten und zeigte auf den Fallschirm.

»Take it, please. I don't need it anymore.«

Else schnitt die Schnüre mit ihrem Taschenmesser ab und faltete den Stoff so, dass er in ihren Korb passte. »Nun, wenn es gar keine andere Lösung gibt, dann kann er eine Nacht in meiner Wohnung bleiben. Aber nicht länger.«

»Die Heeresstreife!«, rief einer der Männer die Treppe hinunter. »Weg mit euch! Wir geben euch Deckung.«

»Verdammt!«, presste Karola heraus, während sie wie auf Kommando in eine Ecke des Raums lief und dort die Tür einer hüfthohen Kommode öffnete. »Else, komm! Beeil dich!«

Else fühlte sich zur Salzsäule erstarrt, unfähig sich zu bewegen.

»Komm schon! Wir können hier nichts mehr tun. Schnell!«

Else lenkte ihren Blick in die Augen des Verletzten, dem die Angst ins Gesicht geschrieben stand. Er würde nur noch wenige Augenblicke leben, und sie beide wussten das. Ihr Mund wurde trocken, ihre Augen feucht.

»Else!«

In dem Moment begann über ihnen der Schusswechsel. Der erlöste sie aus ihrer Lähmung. Sie schnappte sich ihren Korb mit dem Fallschirm und dem Handtuch mit dem verräterischen Emblem des Krankenhauses und schwankte auf wackligen Beinen zu Karola. Die machte einen Schritt auf sie zu und zog sie unsanft am Arm in Richtung Kommode. »Rein da! Los!«

Else krabbelte auf allen Vieren in den Schrank und bemerkte sofort die fehlende Rückwand. Im Mauerwerk klaffte ein ausreichend großes Loch in einen wenige Meter langen und notdürftig gegrabenen Tunnel durchs Erdreich. Karola folgte ihr mit dem Hintern voran und schloss die Kommodentür von innen. »Los vorwärts«, flüsterte sie. Else schob den Korb Zentimeter für Zentimeter vor sich durch den Dreck, während sie sich ebenfalls durch die Röhre zwängte, Karola dicht bei ihr. Mehrere Schüsse drangen von oben gedämpft zu ihnen durch. Einige Meter vor sich erkannte sie durch das fahle Mondlicht das Ende des unterirdischen Fluchtweges. Er mündete zwischen zwei belaubten Büschen, die sie vor fremden Blicken schützten. Hinter ihr kroch Karola aus dem Loch. Der Schusswechsel war verstummt. Gespenstige Ruhe legte sich über die Anlage.

»Ob deine Jungs es geschafft haben?«, flüsterte Else so leise wie möglich. Karola zog die Schultern hoch. Else wollte aufstehen, doch ihre Freundin drückte sie zu Boden. »Bleib unten!«

Sie kauerten in den Büschen und lauschten gespannt in die Stille hinein. Und dann detonierte ein einzelner Schuss gedämpft aus dem Inneren des Vereinshauses. Die beiden Frauen sahen sich in die Augen, Karola senkte den Blick und schüttelte traurig den Kopf.

Else weinte leise.

Sie warteten drei Stunden in ihrem Versteck, bevor sie sich in der Schwärze der Nacht ohne Elses Rad auf den Heimweg machten.

Donnerstag, 5. April 1945
Oberbilker Allee 284

Else fühlte sich gerädert. Die Lebensgefahr und das Drama der letzten Nacht hatten sie trotz der Erschöpfung lange nicht einschlafen lassen. Doch ihr Wecker schepperte sie gnadenlos um neun Uhr aus dem flachen Dämmerschlaf, in den sie endlich gefallen war. Sie zog sich an und verdeckte die Ränder unter den Augen mit den Resten des Make-Ups, das sie noch besaß. Jemand rief ihren Namen von der Straße hoch. Sie öffnete das Fenster und sah den Briefträger. Er wedelte mit einem Umschlag.

»Frau Gores, Sie haben Feldpost.«

»Ich komme runter«, rief Else, stürmte die Treppen hinab, riss die Haustür auf und lief ihm entgegen.

»Ich wusste, dass Sie sich freuen. Schon lange her, seit ich Ihnen Post von Ihrem Mann brachte, nicht wahr?«, begrüßte sie der Briefträger.

»Stimmt! Seit zwei Monaten nicht mehr. Aber jetzt … was für ein Glück. Ich hoffe, das ist eine gute Nachricht. Einen Trauerrand hat der Brief ja nicht, Gott sei Dank.«

Sie nahm den Brief und drückte ihn an die Brust. Dabei lachte sie den Überbringer glücklich an. »Danke, das ist ein schöner Start in den Tag. Bevor ich zum Dienst gehe, werde ich ihn lesen.«

»Wo ist denn Ihr Mann bis vor zwei Monaten gewesen?«

»Im Osten, aber vielleicht wurde er auch versetzt an eine andere Front. Vielleicht aber auch schon auf dem Rückmarsch. Wenn Sie das nächste Mal Post bringen, kann ich Ihnen mehr sagen. Wünsche Ihnen einen guten Tag.«

Sie lief die Treppen hoch und konnte es nicht erwarten, den Brief aufzureißen und zu erfahren, was Jakob vor zwei Monaten zu

Papier brachte. Bis zum Dienstbeginn um zwölf Uhr blieb Zeit genug, den Brief in Ruhe zu lesen. Ihr Magen knurrte. Im Küchenschrank verwahrte sie unter einer Abdeckhaube ihre essbaren Schätze. Beim Gedanken an die süße Erdbeermarmelade, die ihre Mutter ihr aus Thüringen geschickt hatte, lief ihr das Wasser im Mund zusammen. Ihr kleiner Josef hatte dazu ein Bild einer dicken Erdbeere gemalt, mit einer strahlenden Sonne obendrüber. *Ihnen geht es gut, ihnen geht es gut*, dachte sie und meinte damit ihre beiden Männer. Von einem Kanten Brot schnitt sie eine Scheibe ab und nahm zwei Teebeutel aus der Dose. Zusammen mit dem Brief ein fürstliches Frühstück. Kurze Zeit später machte sie es sich auf dem Sofa gemütlich und riss das Kuvert auf. Während sie den Tee trank und die Scheibe Brot aß, las sie den Brief:

Februar 1945

Meine Liebste,

ich sende dir gute Nachrichten, wie du es erwartest. Das Gute ist, dass ich noch lebe. Wir ziehen uns zurück und begradigen die Linien. Doch die Moral der Jungs ist bestens. Jeder von uns glaubt daran, dass wir den Russen stoppen werden. Die verheißungsvollen Nachrichten aus Berlin geben uns den Mut und die Kraft, unser Bestes zu geben.

Else ließ den Bogen sinken. Sie wusste aus den Gesprächen mit Jakob während des letzten Fronturlaubs, dass sie solche Passagen wegen der steten Feldzensur mit dem Gegenteil dessen übersetzen musste, was da stand.

Sie las weiter.

Mein starker Wille und unsere Führung werden dazu führen, dass wir uns bald wiedersehen. Wenn ich nur Gewissheit hätte, dass es dir und Josef gut geht, meine Schöne. Er ist noch mit deiner Mutter in Thüringen, nehme ich an. Falls ihr telefonieren könnt, sag ihm, dass ich ihn lieb habe und bald zurück sein werde.

Ich höre von Bombardierungen im Rheinland. Mir vorzustellen, dass Düsseldorf, dass Oberbilk fast zerstört ist, gelingt mir nicht. Will mir anscheinend auch nicht gelingen, vielleicht weil es so schmerzt? Doch das treibt mich an, wenn ich dem Feind auf zwei Meter Abstand gegenüber liege, wir sehen uns in die Augen, legen an … und ich bin stets schneller. Und erst hinterher, nachts im Unterstand, wenn du nicht einschlafen kannst, denkst du über den Menschen nach, der dir gegenüber lag. Er läuft dir sozusagen über die Bettdecke, die ich nicht habe. In Friedenszeiten hätte er vielleicht dein Freund werden können.

Else, ich liebe dich, pass auf dich auf. Ich zähle die Tage bis zu unserem Wiedersehen. Oft denke ich an unseren Traum von der Reise nach New York. Den werden wir uns erfüllen. Das verspreche ich dir. Grüße an meine Eltern und an Anne, natürlich auch an Peter, aber der ist wahrscheinlich auch noch unterwegs.

Ich liebe Dich.

Dein Jakob

Else legte den Brief zur Seite. Tränen liefen über ihre Wangen. Gleichzeitig freute sie sich, dass ihr ein Umschlag mit schwarzem Rand erspart geblieben war. Ein Umschlag wie der von Hedwig. Ihre Sehnsucht nach ihrem Mann wuchs mit jedem seiner Briefe. Manchmal so stark, dass es sich wie ein verzehrendes Verlangen anfühlte, das ihr Herz heftiger schlagen ließ. Oft lief sie dann unruhig hin und her und konnte keinen klaren Gedanken fassen. Fünf Jahre ohne ihn, abgesehen von kurzen Fronturlauben und zwei Besuchen im Lazarett Anfang 1944. Dazwischen nur Feldpost. Aber die ersetzt keine zärtlichen Umarmungen, keine leidenschaftlichen Küsse, kein gemeinsames Lachen.

Wenn sie darüber nachdachte, welchen Träumen sie und Jakob vor dem Krieg nachhingen, dann lagen jetzt Welten dazwischen, die sich anfühlten wie hundert Jahre vergeudete Zeit. Sie hofften stets, dass die Regierung es nicht so weit würde kommen lassen. Nach der Sudetenkrise verkündete der britische Premierminister *Frieden für unsere Zeit*.

Er sollte sich täuschen.

Sie sollten sich täuschen.

Else trank gedankenverloren einen Schluck des schon kalten Tees. Wie so oft in letzter Zeit dachte sie über Entscheidungen im Leben nach. Wie schnell schlug man einen Weg ein, ohne zu wissen, ob er ins Glück oder ins Verderben führen würde. Nur von Hoffnung beseelt. Onkel Heinrich und Tante Ruth waren schon 1931, lange vor Kriegsbeginn, mit dem Schiff nach Amerika ausgewandert. Sie wurden eingebürgert. Als Steinmetz fand er sofort Arbeit in New York beim Bau des Empire State Buildings in Manhattan. Tante Ruth konnte in einer Textilfabrik unterkommen, und Jakob und Else träumten von einem Besuch der beiden eines Tages in New York. In ihren Briefen erzählten Heinrich und Ruth vom Leben in dieser unvorstellbaren Großstadt. Von den Menschen aus unterschiedlichsten Ländern der Welt, den Italienern, die meist als Pizzabäcker arbeiteten. Von den Chinesen, die einen eigenen Stadtteil bewohnten. Von der riesigen Freiheitsstatue, die vor Manhattan im Hudson River die Menschen begrüßte, die mit den Schiffen aus Europa in den Hafen einliefen. Noch bis 1942 erhielten sie Briefe per Luftpost, sogar Pakete, die Kinderbekleidung und Malbücher für Josef und Strickstoffe für Elses Mutter Agnes enthielten. Sie dachte an einige Postkarten, Bilder von Wolkenkratzern in Manhatten. Über sieben Millionen Einwohner lebten in New York. Sie erinnerte sich an Jakobs schallendes Lachen, als sie die Stadt mit einem Ameisenhaufen verglich.

Sie vermisste sein Lachen so sehr.

***

Else nahm den gleichen Weg zu den Gärten wie am Abend zuvor. Sie plante genug Zeit für diesen Umweg ein in der innigen Hoffnung, ihr Fahrrad noch dort vorzufinden, wo sie es abgestellt hatte. Und als sie das Vereinsheim erreichte, atmete sie auf. Es wartete tatsächlich an derselben Stelle. Niemand schien ihm Beachtung geschenkt zu haben. Die Tür des Vereinsheims stand offen und bewegte sich leicht im Luftzug. Mit zitternden Knien stakste sie darauf zu, schob die Tür ganz langsam ein Stückchen auf und spähte in den Vorraum. Die beiden Komplizen von Karola lagen verkrümmt auf dem Boden. Erschossen.

Sie schlich behutsam um sie herum zur Treppe, die in den Keller führte. Stufe für Stufe tastete sie sich hinab und stand kurz darauf vor jener Tür, hinter der der englische Pilot liegen musste. Mit klopfendem Herzen drückte sie gegen den Türgriff und linste ins Zimmer. Augenblicklich schnellte sie zurück.

Der Junge starrte sie mit aufgerissenen Augen an, zwischen denen ein blutiges, verkrustetes Loch klaffte. Else stürmte die Treppe hinauf, an den beiden Toten vorbei ins Freie. Man hatte die Leichen einfach liegen gelassen. Wen kümmerte das noch?

Man erzählte sich, der Eller Forst läge voll mit oberirdisch zurückgelassenen Leichen von der Heeresstreife erschossener Deserteure und Widerständler. Else würgte vor Ekel und Wut, aber sie schnappte sich ihr Rad und machte sich eilig auf den langen Weg zum Krankenhaus.

Es wurde Zeit.

***

Als Else bei Dienstbeginn die Station betrat, traf sie auf Stationsschwester Ursula. »Ich muss mit Ihnen sprechen, kommen Sie, wir gehen sofort ins Dienstzimmer.«

Else spürte ihr eigenes Blasswerden.

Blitzschnell ging sie die Situation des vergangenen Abends noch einmal durch. Hatte sie etwas übersehen? Was war mit den beiden vermissten Tabletten? Wurde sie beim Diebstahl doch gesehen? Sie merkte, wie ihre Knie weich wurden. Reiß dich zusammen, sagte sie sich. »Schwester Else, jemand beschuldigt Sie, Tabletten und Verbandsmaterial gestohlen zu haben. Ich kenne Sie nun schon seit einem Jahr, aber das würde ich Ihnen niemals zutrauen. Was sagen Sie denn dazu?«

Else schluckte. Das Gefühl eines trockenen Halses, der das

Sprechen unmöglich machte, lähmte auch ihre Fantasie, so schnell eine passende und vor allem glaubwürdige Antwort zu finden.

»Else, was ist mit Ihnen? Ich warte.«

Sie räusperte sich. »Also, mir verschlägt es fast die Sprache. Ich weiß nicht, wie jemand dazu kommt, so etwas zu behaupten. Ich tat nichts dergleichen. Sollte jemand beobachtet haben, dass ich an den Verbandsschrank ging, dann um ein Handtuch herauszunehmen. Wegen eines Rohrbruchs zu Hause bekomme ich zurzeit kein fließendes Wasser. Ich wollte mich frisch machen und mich mit meiner schwangeren Schwägerin treffen, dabei aber nicht die ganzen Keime aus dem Krankenhaus mit nach Hause schleppen. Das besprach ich aber mit Mathilde. Hat sie mich beschuldigt?«

»Sie fand zwei Penicillin auf dem Boden vor dem Arzneischrank, und der Schlüssel steckte noch in der Tür, obwohl er in die Schublade unter der Spüle gehört. Und außer ihr und Ihnen sei niemand mehr auf der Station gewesen.«

Else fasste sich. Ihre Geschichte erschien ihr glaubhaft, und ein Quäntchen Wahrheit war ja dabei, bis auf den Rohrbruch.

»Hat Sie denn einen Diebstahl nachweisen können? Dass zwei Tabletten auf der Erde liegen, bedeutet ja nicht, dass welche gestohlen wurden.«

»Natürlich nicht. Doch in Verbindung mit dem noch steckenden Schlüssel liegt die Vermutung nahe, finden Sie nicht?«

»Ach, das kennen Sie doch auch. Gerade holt man was für einen Patienten aus dem Schrank, da wird man zu einem Notfall gerufen. Dabei kann was herunterfallen, und der Schlüssel bleibt stecken. Hier kommen minütlich frisch verletzte Männer vom Rheinufer, da weiß ich manchmal gar nicht, wo mir der Kopf steht. Und das geht doch nicht nur mir so.«

»Das stimmt. Ich rede mit Mathilde. Ich hoffe, sie hat keine Anzeige gemacht. Sie ist seit Kurzem immer so genau, sie sucht nach Fehlern und ist schnell dabei, andere zu bezichtigen. Wissen Sie, dass Mathilde Witwe ist?«

»Nein, wir haben keinen besonderen privaten Kontakt mehr. Wir kennen uns von früher, ja, und … gerade fällt mir was ein … gestern

Abend fragte sie mich, ob ich zu einem bestimmten Jungen von damals noch Kontakt habe und ob ich wisse, wo der abgeblieben sei. Das verneinte ich. Ich habe nicht verstanden, warum sie nach ihm fragte.«

»Ich hörte von einer Kollegin, dass sie recht schnell nach dem Tod ihres Mannes mit einem Arzt der Station angebandelt hat«, fiel der Stationsschwester ein. »Ein SS-Oberarzt. Vielleicht schnüffelt sie gerne herum. Das ist ein ganz strammer Parteigenosse. Ich rede mit ihr.« Sie ging zum Schreibtisch und legte eine Akte in die Schublade. »Mein Dienst ist jetzt zu Ende. Hoffentlich haben Sie einen ruhigeren Dienst als gestern. Bis morgen dann. Auf Wiedersehen.«

»Auf Wiedersehen«, antwortete Else und sah ihr nach, bis sie die Station verlassen hatte. Sie atmete auf und versuchte, sich auf ihre Arbeit mit den Patienten zu konzentrieren. Schwester Mathilde selbst war an diesem Tag nicht im Dienst. Mit einem Stoßseufzer schloss sie den Dienstplan. Ein Pfleger löste sie um neunzehn Uhr ab. Sie freute sich auf dem Nachhauseweg schon wieder auf den Brief, den sie abends noch oft lesen würde. Vorher musste sie zur Suppenküche. In ihrem Vorratsschrank gab es nichts mehr.

***

Vor der Tür standen Menschen mit Taschen oder Körben.

Männer, Frauen und ältere Kinder. Keiner von ihnen machte einen wohlgenährten Eindruck. Else stellte sich ans Ende der Warteschlange. Nach einem Spätdienst konnte sie nie sicher sein, ob noch etwas übrig war, wenn sie endlich an die Reihe kam. Wie gewohnt fiel die Belohnung für das lange Warten dürftig aus. Ein paar Kartoffel, zehn Möhren und Zichorienkaffee. Kein Fleisch.

Obwohl sie ihren Sohn sehr vermisste, in solchen Situationen war sie froh, ihn bei ihrer Mutter auf dem Land in Thüringen zu wissen. Dort musste er nicht hungern. Im Januar, kurz nach seinem fünften Geburtstag, erhielt sie einen Brief von ihm. Seine Oma, also ihre Mutter, hatte ihm wohl beim Schreiben geholfen. Zusätzlich zierten das Blatt bunte Herzchen von beiden Seiten. Sie las ihn immer wieder und verwahrte ihn sorgsam in einer Schublade.

Es wurde dunkel, als sie endlich die Oberbilker Allee erreichte. Sie räumte auf, kochte Kartoffeln und Möhren. Die Hälfte des gekochten Gemüses stellte sie für den nächsten Tag auf die Fensterbank. Die andere Portion schaufelte sie auf einen Teller und aß den Kartoffel-Möhrenbrei.

Gott sei Dank erhielt sie im Krankenhaus täglich eine dünne Suppe mit ein paar Fettaugen darauf und eine Scheibe Brot.

Ihr Magen rumorte trotzdem weiter.

Sie setzte sich aufs Sofa und nahm den Brief zur Hand. Zum Lesen kam sie nicht, weil es heftig an der Tür klopfte. Sie öffnete, und vor ihr standen zwei Polizisten mit einem Hund.

»Frau Gores?«

»Ja?«

»Gegen Sie liegt eine Anzeige vor wegen Medikamentendiebstahls aus dem Sankt Martinus Krankenhaus. Sie wissen, was das bedeutet? Wer Medikamente oder anderes Material zur Versorgung unserer Soldaten mitgehen lässt zersetzt die Wehrkraft. Darauf steht Zuchthaus oder Erschießung. Lassen Sie uns rein, wir müssen Ihre Wohnung durchsuchen.«

»Wer hat die Anzeige gestellt?«

»Das geht Sie nichts an.«

»Ich sprach heute schon mit der Stationsschwester über den vermeintlichen Diebstahl. Das ist alles ein Missverständnis.«

Die Männer hörten nicht weiter zu, sondern drangen an Else vorbei in die Wohnung ein. Der Hund schnüffelte sofort los.

»Geben Sie es zu! Sie waren allein auf der Station und nutzten die Gelegenheit, um Tabletten auf dem Schwarzmarkt verkaufen zu können«, schnauzte einer der Polizisten, ein blondes Jüngelchen mit dem Parteiabzeichen der NSDAP am Revers.

»Das stimmt nicht. Wer behauptet so was?«

»Das wissen wir nicht. Unsere Aufgabe ist es, den Verdacht aufzuklären. Und jetzt gehen Sie aus dem Weg!«

Der Hundeführer löste die Leine, und der Hund lief los, um den Geruch von Penicillin aufzuspüren. Er schnüffelte an Schränken, am

Sofa, im und unter dem Bett, am Schlafzimmerschrank. Er rannte von einem zum anderen Möbelstück, während die Polizisten Schubladen herausrissen und besonders gewissenhaft in der Schlafzimmerkommode zwischen der Unterwäsche nach Tabletten und Verbandszeug suchten. Dabei zog das blonde Jüngelchen einen mit schwarzen Spitzen besetzten Slip hervor, hielt ihn mit Daumen und Zeigefinger hoch und taxierte Elses Figur.

»Nichts zu essen, was? Aber Spitze im Haus und der Mann an der Front? Steht der auf so was? Oder sind Sie so eine, die noch was nebenbei verdient? Geben Sie doch zu, dass die Nachtschwester die Wahrheit sagt. Eine rechtschaffene Genossin und immerhin bald Frau des Oberarztes.«

Else überlegte. Hatten sie nicht bestritten, den Anzeigenden zu kennen? »Ich kann Ihnen nicht verbieten, ihr zu glauben. Aber Sie haben keinerlei Beweise dafür, nicht wahr?«

»Deswegen suchen wir sie ja. Wenn Sie lügen, dann werden wir das herausfinden. Und dann gnade Ihnen Gott und Ihrem Mann auch. Ihr Sohn wird dann in einem Heim aufwachsen.«

Else verzichtete auf eine Antwort.

Plötzlich lief der Hund ins Bad und bellte ohne Unterlass. Die Polizisten folgten ihm. Er schnüffelte am Boden die Fliesen ab, dabei drehte er sich mehrmals im Kreis und reckte die Nase hoch zum Spülbecken. Darin schwamm ein Knäuel verschiedener Wäschestücke in noch lauwarmem Wasser.

»Sofort raus mit der Wäsche, da ist doch was, was den Hund interessiert.« Wusste der Hundeführer nicht, dass der Hund in einer Seifenlauge nichts anderes riechen konnte als Seifenlauge?

Sie ließ die Lauge ab. Zurück blieben die Wäschestücke und einige größere Stücke eines seidigen schwarzen Stoffes.

»Sortieren!«, befahl der Polizist. Elses Herz schlug ihr bis zum Hals. Sie fischte die Unterwäsche heraus.

Übrig blieb die dunkle Ballonseide.

»Ist wer gestorben? Ich meine wegen des schwarzen Stoffes.«

»Den schenkte mir eine Freundin, damit ich mir für die Trauerfeier meines im März gefallenen Bruders ein schwarzes Kleid nähen kann«, erwiderte Else und sah den Mann selbstbewusst an.

»Aha. Mein Beileid.«

Der wiederum sah sich um, öffnete die Türen der Hängeschränke und wirkte unsicher. Er blickte auf den Hund hinunter. Der sah erwartungsfroh zu ihm auf. »Wir rücken ab!«, befahl er mit einem Seitenblick auf seinen Kollegen. »Das heißt aber nicht, dass damit der Verdacht ausgeräumt ist. Seien Sie vorsichtig! Denken Sie immer an Ihren Mann. Den können wir zu einem Strafbataillon versetzen.«

Else wusste, dass das nicht stimmte. So etwas gehörte immer noch zu den Aufgaben der Wehrmacht und nicht der Polizei.

Aber sie sagte kein Wort.

»Bei Fuß! Ab durch die Mitte.« Er legte dem Hund die Leine an, und die Männer zogen ab. Else verfolgte aus dem Fenster, dass sie das Haus verließen und in einer Nebenstraße verschwanden. Dann heulte sie los.

Freitag, 6. April 1945
Oberbilk

Else verließ das Krankenhaus nach einer 10-Stunden-Schicht. Sie fühlte sich hundemüde. Ihre Füße taten weh. Außerdem musste sie sich beeilen, um in der Suppenküche noch etwas zu bekommen.

Seit geraumer Zeit blieb es ruhig im Westen, zumindest was Bombardierungen anbetraf. Sie vermutete, dass die Alliierten einen nächsten Vorstoß planten, über den Fluss zu kommen.

Im Krankenhaus kursierten Gerüchte, sie würden es weiter nördlich unterhalb von Duisburg versuchen, um sich Düsseldorf dann von Norden auf dem Landweg zu nähern.

Lange konnte es nicht mehr dauern.

Sie umkurvte Trümmer und Schutt, fuhr die Gladbacher Straße und später die Bilker Allee Richtung Osten. Bald passierte sie den Florapark, als sie auf eine Horde Kinder aufmerksam wurde. Im Halbkreis standen sie um einen Holzmast herum. Else hielt an, um genauer hinzusehen.

Die Kinder grölten rhythmisch eine Anfeuerung und rissen ihre Arme nach oben. »Hopp, hopp, hopp, eins, zwei, drei, hopp, hopp, hopp, eins, zwei, drei«

Else musste ihren Kopf in den Nacken legen. In sicherlich fünf Metern Höhe erblickte sie einen etwa 10-jährigen Jungen. Mit seinen Füßen versuchte er Halt an dem rissigen Pfahl zu finden, um sich weiter nach oben zu schieben.

Sie folgte mit ihren Augen dem Pfosten.

Ja, ist denn der verrückt, schoss es ihr in den Kopf, das ist ein Strommast. Der Junge hatte jetzt das Ende fast erreicht, er streckte seinen rechten Arm aus, prüfte das fehlende Stück bis zur Stromleitung.

»Ja spinnt ihr denn alle?«, brüllte Else. In diesem Moment gab sich der Junge einen Ruck, um die fehlende Distanz zwischen Hand und Leitung zu überbrücken. Seine Füße lösten sich vom Holzmast. Sie sah seine kleine Kinderhand in die Leere greifen.

Dann hörte sie sein Schreien.

Ungebremst schlug das Kind auf dem Rasen auf.

Else ließ das Rad fallen und rannte zur Unfallstelle. Die anderen Kinder, die ihn eben noch angefeuert hatten, standen stumm und mit offenen Mündern neben dem gefallenen Körper. Else erreichte den Jungen und kniete sich zu ihm. Sein linker Arm stand unnatürlich ab, und aus Augen, Nase und Ohren rann Blut.

Schädelbasisbruch, wusste sie sofort.

»Steht hier nicht rum«, schrie sie, »holt sofort Hilfe!«

Der Verletzte war bei Bewusstsein, stöhnte aber nur leise. Else ertastete einen schwachen Puls. Seine Freunde lösten sich aus ihrer Erstarrung und liefen zur Hauptstraße. In dem Moment fuhr ein Kübelwagen der Wehrmacht vorbei, den die Kinder schreiend und winkend anhielten. Zum Glück befanden sich zwei Sanitäter unter den Soldaten. Sie verstanden schnell, griffen nach einer Pritsche und liefen los.

Else berichtete in knappen Worten, was sich zugetragen hatte, und half den beiden Männern, das Kind behutsam auf die Trage zu legen. »Schnell, sieht böse aus, wir dürfen keine Zeit verlieren!«, sagte der ältere Sanitäter, und ohne weitere Untersuchung brachten sie den Jungen zum Auto. Else sah den Militärwagen losfahren zum nahegelegenen St. Martinus Krankenhaus, das sie erst vor wenigen Minuten verlassen hatte.

Sie kehrte zu ihrem Rad zurück, schüttelte den Kopf und seufzte tief. In Gedanken sah sie ihren Josef. Noch war er ein paar Jahre jünger als diese Bande.

Würde er auch bald verrückte und waghalsige Mutproben mitmachen? Würde sie ihn davor beschützen können, fragte sie sich. Sie zuckte mit den Schultern. Das Leben der Kinder hing in diesen Kriegszeiten ohnehin schon am seidenen Faden, da konnte man sie ja nicht auch noch einsperren, um sie am gemeinsamen

Spiel zu hindern. Sie erreichte die Suppenküche zu spät. Kurz schaute sie über die leeren Regale. Ihre Wertmarke für den heutigen Tag konnte sie wegschmeißen. Niedergeschlagen stieg sie wieder auf ihr Rad. Der ständige Hunger war das Schlimmste. Neben der Eintönigkeit der Kost. Im Krankenhaus bestand das Essen seit Tagen nur aus dünnen Suppen, manchmal mit Kartoffeln und Kohlgemüse. Fett? Fehlanzeige. Wann aß sie zum letzten Mal ein Stück Fleisch? Sie wusste es nicht. Ihr Stiefvater Hannes würde bald aus Thüringen für zwei Wochen zu ihr kommen. Er schrieb, er bringe frisch Geschlachtetes und Gemüse mit. Allein der Gedanke daran ließ ihren Magen lautstark knurren.

Sie näherte sich ihrem Haus, als sie Schreie hörte.

»Halt! Stehenbleiben!«

Sofort sprang sie vom Rad, unsicher, ob sie gemeint sei. Der Diebstahl der Medikamente schwebte noch immer wie ein Damoklesschwert über ihrem Alltag. Sie sah sich um, konnte aber nirgendwo Polizei entdecken. Sie schob ihr Fahrrad ein Stück, als aus einer Seitenstraße ein Soldat in Wehrmachtsuniform gelaufen kam, über die Oberbilker Allee stürmte und sich wenige Meter weiter in ihren Hauseingang hockte.

Sie erfasste die Situation sofort.

Die Heeresstreife jagte Deserteure.

Sie legte einen Schritt zu und stellte sich mit ihrem Rad vor ihren Hauseingang. Der Soldat hinter ihr zog den Kopf ein und machte sich so klein wie möglich. Zwei weitere Soldaten bogen um die Ecke und preschten vorbei. Dahinter tauchten drei Angehörige der Heeresstreife auf, die im Spurt den Abstand zu den Verfolgten rasch verkürzten. Einer der beiden Flüchtenden wechselte die Straßenseite und verschwand in einem Trümmergrundstück.

Die Jäger riefen sich etwas zu und teilten sich auf.

Else drehte sich um und blickte über ihr Rad auf den dahinter kauernden. Als der Soldat seinen Kopf hob, sah sie in das junge Gesicht eines Mann, der zitternd wie Espenlaub mit dem Rücken an die Wand gedrückt auf der Stufe saß und sie mit angsterfüllten Augen anschaute.

Else legte den Zeigefinger auf die Lippen, holte ihre Schlüssel aus dem Korb und schloss die Tür auf. Sie bedeutete ihm mit einer Hand, dass er reingehen solle. Der Soldat erhob sich langsam und verschwand im Hausflur. Dann hielt er ihr die Tür auf.

Else schaute sich noch einmal um, ob irgendwer aus der Nachbarschaft im Fenster lag, aber sie sah niemanden. Sie schob das Fahrrad in den Flur und stellte es ab. Die Haustür fiel zu. Ohne ein Wort zu sagen stiegen beide die Treppe hoch in die erste Etage. Behutsam schloss Else die Wohnungstür auf, sie blickte nach oben, ob jemand am Treppengeländer stand und hinunterschaute. Doch sie waren allein. Sie drückte die Tür hinter sich zu, zog ihren Mantel aus, hängte ihn an den Haken.

»Wir müssen sehr leise sprechen, damit uns die Nachbarn nicht hören. Das Haus ist hellhörig. Nicht nur die Wände, sondern auch die Mieter selbst. Viele haben sehr große Ohren und ein loses Mundwerk. Komm, wir gehen in die Küche, da können wir normal reden.«

Sie ging voran, der Soldat folgte ihr, immer noch schweigend.

Sie deutete auf einen der vier Stühle: »Setz dich. Wie soll ich dich nennen? Ich bin Else.« Sie reichte ihm die Hand, er drückte sie.

»Robert. Danke, dass du mich nicht verraten hast«, erwiderte er und zog seine Uniformjacke aus, legte sie über eine Stuhllehne. Die Jacke roch scharf nach Schweiß.

»Robert, du kannst nicht über Nacht bleiben. Aber du kannst bei mir warten, bis sich die Situation auf der Straße wieder beruhigt«, erklärte Else. »Eine Hose und ein Hemd, das ich in die Kleidersammelstelle für Soldaten geben wollte, kannst du haben. Zur Not auch Schuhe. Ich sehe, du trägst noch die Stiefel. Damit fällst du garantiert auf. Aber danach schaue ich später. Ich komme gerade aus dem Krankenhaus und muss mich frisch machen. Wenn du durstig bist, dann nimm dir ein Glas Wasser. Später kann ich uns einen Tee machen. Aber bitte! Bleib vom Fenster weg. Gegenüber im Haus gibt es ebenfalls sehr neugierige Leute.«

In diesem Augenblick fielen Schüsse.

Else schlich zum Fenster und sah durch den Gardinenspalt die zwei Männer der Heeresstreife aus dem Trümmerhaus kommen. Sie liefen die Oberbilker Allee entlang in Richtung Markt.

Sie drehte sich um.

»Die beiden anderen Soldaten, sind das Freunde von dir?«

»Kameraden. Wir sind aus einer Einheit.«

»Das musst du mir gleich erzählen, wenn ich wiederkomme.«

Sie stellte ihm ein Glas auf den Tisch und verschwand im Schlafzimmer, um sich zu waschen und die Kleider zu wechseln. Dann schaute sie in Jakobs Teil des Kleiderschrankes. Dort stand der Sack mit den gesammelten Kleidungsstücken.

Else suchte Unterwäsche, eine Hose und ein Hemd heraus in der Hoffnung, dass dem jungen Mann die Sachen passten. Ein Paar Schuhe fand sie ebenfalls. Sie kehrte damit in die Küche zurück, wo Robert am Tisch saß und das auf dem Küchenschrank stehende Foto anschaute, auf dem sie mit dem zweijährigen Josef abgelichtet war. »Ist das dein Kind?«

»Ja, das ist mein Sohn Josef. Er ist in Thüringen mit seiner Oma. Wie alt bist du?«

»Neunzehn, in zwei Monaten werde ich zwanzig. Ich stamme aus dem Siegerland. Muss morgen unbedingt zurück. Mein Vater ist gefallen. Meine Mutter braucht mich. Sie wurde von einem Granatsplitter getroffen, und ihr rechter Arm musste amputiert werden. Wir sind Bauern, sie kann die Kühe nicht allein versorgen. Meine Brüder sind noch irgendwo im Kampf, vielleicht aber auch auf dem Rückzug … oder schon tot …«

Er zuckte mit den Schultern.

»Kennt die Heeresstreife deinen Namen? Die bekommen doch Nachricht vom Wehramt, wenn du bei deiner Truppe fehlst.«

»Wahrscheinlich sind wir alle drei auf einer Liste mit den Namen von Desertierten. Bisher hatten wir Glück. Wir konnten häufig bei Bauern unterkommen, manches Mal schliefen wir auch ohne deren Wissen im Heustadl. Hunger litten wir nur an der Front. Die Bauern, die uns auf ihren Speichern übernachten ließen, möchten auch, dass der Krieg bald enden möge. Die gaben uns Eier und Radieschen oder Möhren oder gekochte Kartoffeln. Ich habe auf einem Hof eine goldene Uhrkette von meinem Vater gegen gekochtes Hühnerfleisch getauscht.«

»Das trauen sich Bauern? Ich hörte neulich von einer Kollegin, dass die streng beobachtet werden.«

»Kann sein. Bisher hat es immer geklappt. Übrigens, einer von uns stammt hier aus Düsseldorf. Wer von den beiden wohin gelaufen ist, konnte ich vom Hauseingang aus nicht sehen. Vielleicht ist er ja tot. Die Schüsse eben ...? Franz oder Wilhelm? Oder beide? Wir vereinbarten, uns nicht gegenseitig zu suchen, wenn wir getrennt werden. In dem Fall sei jeder auf sich allein gestellt.«

Else setzte sich zu ihm an den Tisch.

»Seit wann seid ihr in Düsseldorf?«

»Seit zwei Tagen. Wir versteckten uns tagsüber in einer Laube in einem Kleingartenverein. Der Franz kennt sich ja aus, er stammt wohl aus Gerresheim. Leider konnten wir uns nun nicht mehr voneinander verabschieden. Nachts sind wir irgendwo am Rheinufer gewesen. Da mussten wir höllisch aufpassen, weil dort Pimpfe vom Volkssturm Wache schoben. Wegen der Amis auf der anderen Rheinseite.« Elses Magen knurrte hörbar.

»Robert, leider kann ich dir nichts zum Essen geben. Ich kam heute zu spät zur Suppenküche. Aber ein wenig Tee kann ich noch aufbrühen. Dann musst du wieder gehen. Ich stehe unter Beobachtung durch die Polizei wegen einer Aktion, die denen nicht gefiel. Jederzeit muss ich mit deren Besuch rechnen. Und wenn sie dich auch noch hier finden, sind wir beide tot. Die Heeresstreife kann jederzeit kommen ohne Vorankündigung.«

»Aber wo soll ich denn jetzt noch hin?«

Er schaute zur Küchenuhr.

»Mittlerweile ist es dunkel, und ich kenne mich hier nicht aus. Wo der Gartenverein ist, weiß ich nicht mehr. Wir verließen uns auf den Franz, weil der von hier ist.«

»Ich verstehe deine Situation, aber sie haben mir gedroht, mich zu erschießen und meinen Mann in ein Strafbataillon zu versetzen. Und was soll dann aus dem kleinen Josef werden?«

»Ja …«, Robert suchte nach Worten, »aber, bitte! Ich verspreche dir, wenn ich nur diese Nacht bleiben kann, schleiche ich mich morgen noch vor dem Sonnenaufgang raus. Mit den Sachen«, er deutete auf den Kleiderhaufen, den Else ihm hingelegt hatte, »werden mich die Nachbarn ja kaum direkt als Soldat identifizieren. Und dich werde ich auf keinen Fall erwähnen, falls sie mich doch noch schnappen. Ehrenwort!«

Else gelang es nicht, seinen flehenden Blick zu ignorieren.

Ihr kam das Bild einer behinderten Bäuerin ins Bewusstsein.

Sie stand auf.

»Wenn dir die Teile passen, dann zieh sie gleich an. Einen Mantel kann ich Dir nicht geben, nur eine alte Felljacke. Die Uniform musst du irgendwie in deinen Rucksack quetschen und mitnehmen. Unterwegs kommst du an mehreren Brachen vorbei, wo du alles wegwerfen kannst. Oder wirf sie einfach in den Rhein.«

Sie schaute ihn an.

So ein hübscher junger Mann, er strahlte trotz seiner Fronterfahrung immer noch etwas Kindliches aus, dachte sie. Sie haderte mit ihrer Entscheidung, ihm diese eine Nacht zuzubilligen. Die Heeresstreife würde ihre Suche nach dem dritten Flüchtigen nicht aufgeben. Doch dann gab sie sich einen Ruck.

»Gut, du kannst eine Nacht hierbleiben, leg dich im Wohnzimmer aufs Sofa, ein Kissen und eine Decke liegen dort. Aber du musst mir versprechen, morgen früh abzuhauen, noch vor Sonnenaufgang.«

»Danke, Else. Du kannst dich auf mich verlassen. Ich habe doch selbst einen triftigen Grund, schnell nach Hause zu kommen.«

Sie sah ihm die Erleichterung an.

Er fing an zu weinen und wischte sich die Tränen sofort mit dem Handrücken aus dem Gesicht.

»Du musst dich nicht schämen«, sagte sie.

Er nickte. Dann öffnete er seinen Rucksack, holte ein Päckchen mit Brotscheiben und eine Dose gekochtes Fleisch heraus.

»Hast du Hunger?«

Er lächelte Else an und legte die Teile auf den Tisch. Die traute ihren Augen kaum. Brot und Fleisch? Die letzte Ration Fleisch bekam sie vor mehr als drei Monaten. Die Lebensmittelrationen wurden immer weiter gekürzt. Insbesondere Fleisch.

»Das ist ja wie Weihnachten, Robert, danke.«

»Du musst mir nicht danken, Else. Ich stehe in deiner Schuld. Du hast mir wahrscheinlich das Leben gerettet.«

Else brühte Tee auf und entspannte sich ein wenig.

Sie unterhielten sich noch eine ganze Weile, dann spürte sie ihre Müdigkeit. Sie musste sich anstrengen, die Augen offen zu halten.

»Robert, ich gehe jetzt schlafen und möchte mich von dir verabschieden. Wenn du dich aufmachst, lass bitte die Tür hier oben angelehnt, damit niemand das zuschnappende Schloss hört. So früh verlasse ich normalerweise nicht das Haus. Es soll kein Verdacht aufkommen.«

Sie ging zu ihm und streckte ihm ihre Hand entgegen.

»Ich wünsche dir, dass du heil zu deiner Mutter kommst. Schreib mir doch, wenn du angekommen bist. Darüber würde ich mich freuen.«

»Das werde ich gerne machen. Und du pass auch auf dich auf. Nicht dass deine Hilfsbereitschaft dir noch zum Verhängnis wird.«

Er umarmte sie, und für einen Moment durchströmte sie ein Gefühl von Geborgenheit, das sie seit dem letzten Besuch von Jakob nicht mehr hatte. Als sie sich aus der Umarmung löste, schaute sie ihn nicht an. Doch bevor sie in ihrem Schlafzimmer verschwand, drehte sie sich noch einmal um und winkte ihm zu.

Samstag, 7. April 1945
Oberbilker Allee 284

Else riss die Augen auf. Die Morgensonne schimmerte bereits rot durch die Vorhänge. Sofort klopfte ihr Herz wild in der Brust. Sie stand auf, zog sich ihren Morgenmantel über, schlich in die Diele und atmete auf.

Die Wohnungstür war nur angelehnt.

Der junge Mann hatte sein Wort gehalten.

Sie schloss sie leise.

Im Wohnzimmer lag die Decke zusammengefaltet auf dem Sofa, das Kopfkissen darüber. Sie sah sich um.

Nichts deutete mehr darauf hin, dass hier jemand geschlafen hatte. Sie wusch sich, zog sich an und steckte ihre Haare hoch.

Auf dem Küchentisch fand sie eine Scheibe Brot und die offene Armeedose mit einem Rest Fleisch. Säuberlich mit Besteck für ein Frühstück allein angerichtet. Roberts stummer Dank zum Abschied.

Sie aß mit Bedacht. Wer wusste schon, wann es das nächste Mal Fleisch geben würde. Die leere Büchse stellte sie auf die Anrichte und ging ins Schlafzimmer, um ihr Bett zu machen. Als sie die Vorhänge zurückzog und aus dem Fenster blickte, erkannte sie den Postboten, der auf ihr Haus zusteuerte. Er sah sie und schwenkte einen Brief in der Hand. Sie lief hinunter zum Hauseingang.

Vielleicht noch einer von Jakob?

»Schon wieder Post für sie, Frau Gores. Ich wünsche Ihnen gute Nachrichten.«

Er händigte ihr den Umschlag aus.

Else schaute auf den Absender: *Hannes Kersting*.

»Danke, der ist von meinem Stiefvater aus Thüringen«, erklärte sie. Der Beamte lächelte sie an, tippte an seine Schirmmütze und setzte seinen alltäglichen Weg fort. Else kehrte in ihre Wohnung zurück und las den Brief. Hannes schrieb, er käme am 9. April. Sie freute sich auf ihn. Und darüber, dann nicht mehr so allein zu sein. Ihre Mutter jedoch würde mit Josef in Thüringen bleiben. Das war vernünftig, trotzdem schmerzte es, auf ihr Kind auch weiterhin verzichten zu müssen, seine Entwicklungsschritte nicht miterleben zu können.

Doch so, wie sich die militärische Lage darstellte, konnte es nicht mehr lange dauern, bis sie Josef endlich wieder in ihre Arme schließen konnte. Sie zog ihren Mantel an, nahm die Einkaufstasche mit den Karten und ging zum Milchmann. Sechzig Gramm Quark und achtzig Gramm Käse standen ihr in dieser Woche laut Lebensmittelkarte zu. In dem kleinen Lebensmittelgeschäft, ein paar Häuser weiter, bekam sie etwas Gemüse, ein paar Kartoffeln, ein wenig Fett und sogar hundert Gramm Suppenfleisch. Beim Bäcker konnte sie ein halbes Weißbrot ergattern.

Es wurde Zeit.

Wenn sie den Spätdienst pünktlich antreten wollte, durfte sie nicht bummeln. Sie eilte nach Hause und verstaute die wertvollen Lebensmittel. Sie packte gerade einen frisch gewaschenen Kittel ein, als sie auf der Straße Geschrei hörte und quietschende Autoreifen. Sie ging zum Fenster und sah zwei Mannschaftswagen, aus denen ein Aufgebot an Männern der Heeresstreife sprang. Sie teilten sich auf und liefen auf die Häuser zu.

Razzia!!

Ihr Puls jagte. Das war zwar zu erwarten gewesen, aber nicht so schnell. In diesem Moment schellte es schon, und noch bevor sie die Tür öffnen konnte, wurde bereits heftig dagegen gehämmert.

»Aufmachen, sofort!«, schrie eine männliche Stimme.

Sie öffnete die Tür.

Zwei Männer drängten herein, schoben sie beiseite und polterten an ihr vorbei durch die Diele in die Wohnküche.

Ihnen folgte bedächtig ein Mann in Fliegeruniform mit Krücke und Beinprothese.

Tok, tok, tok humpelte er über die Fußbodenbretter und blieb vor

Else stehen. Er musterte sie langsam und fast schon genüsslich vom Scheitel bis zur Sohle, bevor er sich abwandte und seinen Leuten in die Küche nachging. Dort ließ er sich auf einen Stuhl fallen.

Else betrat ihre Küche als Letzte.

»Wer sind Sie bitte? Wieso dringen Sie in meine Wohnung ein, ohne den Grund dafür oder auch nur sich selbst vorzustellen?«

Adolf Stützer erhob sich noch einmal, wies auf einen der anderen Stühle und sagte: »Nehmen Sie doch Platz«, als sei er der Hausherr und Else der Gast.

»So viele Fragen, da benötigen wir doch ein wenig Zeit.«

Er wartete geduldig, bis Else sich an die ihm gegenüber liegende Seite des Tisches setzte. Die beiden anderen Männer standen links und rechts neben der Tür zum Wohnzimmer. Für einen Moment sagte niemand etwas. Stützer lächelte ihr ins Gesicht und begann.

»Ich bin Feldwebel Adolf Stützer. Das sind meine Kollegen von der Heeresstreife Kaiser.«

Sein Blick fiel auf die goldene Brosche, die Else an ihrem roten Pullover über der Brust trug. Er beugte sich vor, kniff die Augen zusammen und entzifferte die Applikationen in der Mitte des Ovals aus Ranken und Lilien.

»E-L-S-E«, buchstabierte er. »Sie sind Else Gores, Ehefrau des Gefreiten Jakob Gores, richtig?«

»Was ist mit ihm? Ist er … oder suchen Sie ihn? Hier bei mir?«

»Nein, keine Sorge, Frau Gores. Nach sämtlichen Informationen, die mir vorliegen, versieht Ihr Gatte seine Pflicht mit Eifer und Treue für Führer, Volk und Vaterland. Wir nehmen außerdem an, dass seine Gattin ihm hier zu Hause alle Ehre macht und nichts tut, was seine tapferen Taten an der Front konterkariert. Sehe ich das richtig?«

»Selbstverständlich!«

»Brav! Sie sind mit Ihrer blonden Lockenpracht und Ihrem hübschen Gesichtchen doch auch viel zu …«, er ließ das Wort, das ihm auf der Zunge lag, weg, »… um aus dem arischen Volkskörper entfernt zu werden.«

Er sah sich um und fragte: »Ob ich wohl ein Glas Wasser haben dürfte, Frau Gores?« Else stand auf, holte ein Glas aus dem Schrank, füllte es unter dem Wasserhahn am Spülstein und stellte es vor ihn.

»Ergiebigsten Dank!« Stützer nahm das Glas, nickte ihr zu und trank einen Schluck. »Frau Gores, gestern verfolgten wir drei Vaterlandsverräter durch die Oberbilker Allee. Drei Schweine, die ihre Kameraden im Stich ließen und damit Sie, mich und unsere ganze Rasse in Gefahr bringen. Zwei von ihnen haben wir erwischt und ihrer gerechten Strafe zugeführt. Einen schon gestern hier im Trümmerhaus gegenüber, den anderen stöberten wir heute Morgen am Rheinufer auf, er warf gerade seine Uniform in die Strömung. Nun, er folgte ihr sogleich mit einem Loch mehr in seinem Körper, als es die Natur sonst vorsieht.«

Else spürte ihr gehaltvolles Frühstück hochkommen. Sie schaffte es zwar, den Brechreiz zu unterdrücken, doch sie begann zu zittern. Der Feldwebel sah ihr einige Sekunden lang ins Gesicht und zog die Brauen hoch, bevor er wieder ansetzte: »Die dritte Ratte ist leider noch flüchtig. Aber wir kriegen sie. Haben Sie keine Angst.«

Else zwang sich, gleichmäßig zu atmen. Stützer hob das halbleere Glas, lächelte sie an und trank es aus. »Erfrischend! Vielen Dank.«

Erneut sah er sich im Zimmer um.

Seine Männer standen unbeweglich vor der Wohnzimmertür und warteten auf weitere Befehle. Dann wandte sich Stützer wieder ihr zu: »Ist Kristina Söderbaum Ihr Idol? Ich meine, weil Ihre Frisur wie die der Söderbaum aussieht. Möchten Sie ihr gleichen?«

Elses Gedanken rasten.

Gerade zeigten sie ihr noch Roberts jungenhaftes Gesicht, das mit einem klaffenden Loch zwischen den Augen im Rhein trieb, und jetzt ging es plötzlich um die Söderbaum. Welche Antwort war die richtige? Immerhin war der bekannte UFA-Star keine Deutsche, sondern Schwedin. Bereits 1934 nach Berlin gekommen, um Schauspielunterricht zu nehmen. Eine beliebte Darstellerin und Frau des allseits geschätzten Regisseurs Veit Harlan.

Aber wenn dieser einbeinige Mann sich daran stieß, dass Söderbaum keine Deutsche war, dann …?

Else erinnerte sich an viele Filme aus den Dreißigern.

An den Film *Das unsterbliche Herz* mit Heinrich George und Kristina Söderbaum von 1938 dachte sie besonders gern.

Worauf wollte der Feldwebel hinaus?

»Hallo, was überlegen Sie denn so lange? War doch eine einfache Frage. Können Sie mit Ja oder Nein beantworten.«

Else nahm all ihren Mut zusammen.

»Sie ist eine gutaussehende Frau und eine tolle Schauspielerin. Aber nicht mein Idol, außerdem bin ich nicht superblond. Aber um mich nach Kristina Söderbaum zu befragen, sind Sie bestimmt nicht hier.«

»Das ist richtig«, lachte der Feldwebel. »Sie sind also nicht nur schön, sondern können auch denken. Dann denken Sie doch mal an gestern Abend.«

Er lehnte sich in seinem Stuhl zurück und lächelte.

»Die drei Verräter liefen auch an diesem Haus hier vorbei. Einer flüchtete in das Trümmerhaus gegenüber, das sich für ihn als Sackgasse herausstellte. Der zweite rannte weiter, bis wir ihn leider aus den Augen verloren. Aber der dritte …«, er griff das leere Glas vor sich am oberen Rand und drehte es mehrmals um seine eigene Achse, »... machte nichts davon. Er versteckte sich nicht im Haus gegenüber, und er rannte auch nicht weiter. Er war ganz plötzlich wie vom Erdboden verschluckt. Können Sie sich das vorstellen? Menschen lösen sich doch nicht einfach in Luft auf und verschwinden.«

Else hörte kaum zu. Ihre Gedanken jagten sich im Kreis auf der Suche nach Antworten auf noch ungestellte Fragen.

»Und zaubern muss er auch können. Als wir ihn heute Morgen dabei ertappten, wie er seine Uniform in den Rhein schmiss, trug er Zivilkleidung. Vollständig! Einschließlich Schuhe! Wo hat er die Klamotten denn plötzlich her? Über Nacht! Abrakadabra – zack?«

Er schnipste mit den Fingern.

»Frau Gores, Sie sind doch so ein schlaues Köpfchen. Denken Sie mit? Kann der Mann zaubern?«

Else starrte den Feldwebel an, unfähig zu antworten.

Stützer fixierte ihre Augen, sie traute sich nicht, ihren Blick abzuwenden. »Und nun kommen die Bewohner dieses Hauses ins Spiel. Die Bewohner jenes Hauses, vor dessen Eingang sich der Zauberer in Luft auflöste.«

Stützer erhob sich und kam um den Tisch herum. Er legte ihr den Arm um die Schultern und beugte sich zu ihr herab. Sein Gesicht war dem ihren so nah, dass sie seinen Atem auf ihrer Wange spürte.

»Wissen Sie, was ich glaube, Frau Söderbaum?«

Else verneinte mit dem Kopf.

»Ich glaube ja, der Mann konnte gar nicht zaubern. So etwas gibt es sicher auf der Bühne im Varieté. Aber doch nicht auf dem Gehweg vor der Oberbilker Allee 284.«

Er ließ sie los, umrundete den Tisch erneut und setzte sich auf seinen Stuhl. »Jemand hat ihm geholfen. Jemand aus diesem Haus hier. Sehen Sie das auch so?«

Else sah abwechselnd ihn und seine immer noch wartenden Männer an, brachte aber keinen Ton heraus.

»Jemand hat ihn über Nacht aufgenommen und dem Jungen frische Sachen angezogen. Was meinen Sie? Klingt das plausibel? Wer in diesem Haus könnte das gewesen sein? Sie kennen Ihre Nachbarn besser als ich. Was denken Sie?«

»Ich weiß nicht …«

»Waren Sie das? Nehmen Sie Deserteure bei sich auf und kleiden sie neu ein?«

»Nein, ich …«

»Und was ist mit dem dritten Burschen? Halten Sie den etwa auch hier versteckt?«

»Nein!«

»Vielleicht denken Sie ja an Ihren Mann, wenn so ein armes Schwein vor Ihnen steht? Oder was, wenn es tatsächlich Ihr Mann wäre, der da plötzlich vor Ihrer Tür stünde? Dann wüssten Sie doch auch, dass er desertiert sein muss, nicht wahr?«

Else nickte.

»Und dann? Würden Sie ihn wieder wegschicken und seine Flucht den Behörden melden?«

Else schüttelte langsam den Kopf.

»Na, sehen Sie. So kommen wir weiter. Ich frage Sie noch einmal, haben Sie die Ratte gestern aufgenommen und ihm Zivilkleidung gegeben? Vielleicht sogar beiden Ratten? Ist die eine noch hier? Wenn, dann sagen Sie mir das besser jetzt, dann kann ich noch etwas für Sie tun. Sonst …«

Er wartete.

»Nein, ich …«

Er drückte den Rücken durch, stemmte die Fäuste auf die Tischplatte und beugte sich zu ihr vor. Seine Augen fixierten sie erneut.

Else starrte ihn an, unfähig woanders hinzusehen.

»Folgen Sie meinem Blick, Frau Gores!«

Er drehte seinen Kopf langsam nach rechts, und sie folgte ihm, bis sein Blick in Höhe der Anrichte verharrte. Er heftete sich auf die offene, leere Fleischbüchse.

Pökelfleisch. Wehrmachtspackung.

Schwarze, tödliche Buchstaben auf einer weißen Dose.

Else blieb das Herz stehen.

»Upps!«, hörte sie ihn sagen. »Was haben wir denn da? So langsam zieht sich der Strick um Ihren hübschen Hals aber zu, E-L-S-E. Wohin auch immer Sie dann gehen, dort brauchen Sie keine Brosche mehr.« Es verstrichen mehrere Sekunden. »Wie kommt diese Büchse in Ihre Küche?«, schrie er dann plötzlich.

Und als ob sein Schreien jenen Knoten löste, den seine stille Süffisanz zuvor gebunden hatte, fing sich Else wieder.

»Das ist ganz einfach. Ich arbeite im Krankenhaus als Hilfsschwester. Seit Monaten pflege ich schwer verletzte Soldaten und Zivilisten. Und diese Büchse schenkte mir einer dieser Soldaten bei seiner Entlassung, weil er sich gut behandelt fühlte. Weil wir sein Leben retten konnten.«

Stützer nahm seine Fäuste vom Tisch und schob die Unterlippe vor. Er nestelte aus seiner Uniformjacke einen Block und einen Stift heraus. »Name?«

»Der hieß … Göring, ja, genau wie der Reichsmarschall. Deshalb kann ich mich gut daran erinnern. Aber der war bestimmt nicht mit dem verwandt. Wie er mit Vornamen hieß, weiß ich nicht mehr. Der sprach mit einem norddeutschen Akzent, von der Küste oder so.«

»Wann hat der im Krankenhaus gelegen?«

Else wiegte ihren Kopf hin und her. »Vor ungefähr fünf Monaten, glaube ich. Er müsse wieder an die Front, sagte er beim Abschied.«

»Ich werde das prüfen lassen.« Er steckte den Block weg und drehte sich zu seinen Männern: »Durchsuchen! Und klopft mir auch die Böden nach Hohlräumen ab.«

Die beiden machten sich sofort ans Werk, und Else konnte am Küchentisch sitzend allein durch die Geräusche erahnen, wie sie vorgingen. Sie öffneten Schränke und schütteten Schubladen aus.

Sie rückten die Betten auseinander, wendeten die Matratzen, verschoben im Wohnzimmer Sessel und Sofa, um besser unter ihnen nachsehen zu können. Allerdings wies kein Geräusch darauf hin, dass sie die Rückwand der Kammer als Attrappe erkannten. Nach endlosen Minuten kehrten sie in die Wohnküche zurück und schüttelten die Köpfe.

Stützer wandte sich erneut an Else.

»Eines ist mir noch nicht ganz klar.«

Er lehnte sich wieder zurück.

»Ganz Düsseldorf klagt seit Monaten über den Fleischmangel. Und Sie haben hier eine Dose Fleisch und heben die sich fünf Monate lang unangetastet auf? Bis jetzt. Ausgerechnet …«, er zog das Wort in die Länge, »… bis zu dem Tag, an dem sich ein Deserteur im Haus Oberbilker Allee 284 versteckt. Ihnen geht es zu gut, was?«

»Das stimmt. Ich habe sie mir lange aufgespart, wollte warten bis ich den Hunger nicht mehr aushalten könnte. Dass ich sie gestern gegessen habe, an dem Tag, an dem Sie drei Flüchtige verfolgen, ist reiner Zufall. Ich habe mit Deserteuren nichts zu tun.«

»Wir können auch Ihren Mann noch ins Feuer schicken, wenn wir herausfinden, dass Sie lügen. Sie verstehen? Wie gesagt, ich werde Ihre Angaben genauestens kontrollieren.«

Er stand auf und stellte sich noch einmal neben sie. Er legte ihr seine Hand in den Nacken und fragte: »Sie möchten sich nicht von mir helfen lassen?« Er sah von oben auf sie herab und bedauerte, dass sie einen roten Pullover und keine Bluse mit Ausschnitt trug. Sein Daumen strich ihren Hals entlang. »Es wäre mir eine Freude«, fügte er hinzu. Else wurde übel. Sie schüttelte den Kopf, stand ebenfalls auf und trat einen Schritt zurück.

»Ich habe nichts getan, was Ihre Hilfe notwendig machen könnte. Und jetzt muss ich Sie bitten, meine Wohnung zu verlassen. Ich komme sonst zu spät zum Dienst. Immerhin pflege ich verletzte Soldaten.«

Die Augen des Feldwebels wurden schmal, dann wandte er sich zu seinen Männern: »Habt ihr alles inspiziert?«

»Jawohl! Nichts Auffälliges.«

»Gehen wir!« Sein Ton war barsch.

An der Tür drehte er sich noch einmal um und musterte so sorgfältig wie genüsslich ihre Rundungen.

»Frau Gores, Sie sind eine …«, er unterbrach sich selbst, als suche er das richtige Wort, »… unvergessliche Frau!«

Die Tür fiel ins Schloss.

Zurück blieb eine dunkle, schwere und beklemmende Angst vor diesem Mann. Else zitterte am ganzen Körper.

***

Im Krankenhaus konnte sich Else kaum auf ihre Aufgaben konzentrieren. Sie irrte mehrmals ziellos durch die Gänge, verwechselte Zimmer oder brachte das Falsche zum verkehrten Ort. Nicht nur die Ereignisse vom Vormittag füllten ihr Denken. Vor allem würde sie Schwester Mathilde begegnen. Sie wusste nicht, ob ihre Anzeige noch bearbeitet wurde.

Wenn, dann musste sie Mathilde heute dazu bringen, sie zurückzunehmen. Nach der Erfahrung des Vormittags mit der Heeresstreife war es umso wichtiger, nicht zusätzlich wegen einer Diebstahlsanzeige aufzufallen. Somit erwartete Else mit Spannung Mathilde, die sie zur Nachtschicht ablösen würde.

Die Schwester erschien bereits um neunzehn Uhr.

Else saß im Dienstzimmer und beendete gerade ihren Übergabebericht. Als Mathilde eintrat, hob Else den Kopf und begrüßte sie freundlich. Mathilde sah sie erstaunt an, eine leichte Röte stieg ihr ins Gesicht. »Du hier? Ich habe mit Henny gerechnet, die steht doch auf dem Plan.«

»Henny ist krank, ich bin eingesprungen. Aber es war mir auch ganz recht, weil ich mit dir über deine Anzeige reden möchte. Bist du einverstanden, dass wir das jetzt besprechen?«

Mathilde zögerte.

Ihr war die Nervosität anzumerken, aber sie willigte ein.

»Was gibt's denn zu besprechen? Du hattest die Station verlassen, auf dem Fußboden lagen die Tabletten, der Schlüssel vom Medizinschrank steckte in der Tür. Ich verstand nicht, wieso die Tabletten so auf der Erde herumlagen. Ich konnte es mir nur so erklären, dass du für dich privat gesorgt hast, und dabei sind dir in der Eile die Dinger heruntergefallen. Du musstest doch jederzeit damit rechnen, dass ich das Zimmer betrete.«

Else nahm ihre Hand und zog sie zum Tisch.

»Mathilde, ich weiß wirklich nicht, wie die Tabletten dorthin kamen. Aber deine Schlussfolgerungen halten keiner Untersuchung stand. Es sei denn, man glaubt dir auch ohne Beweise. Nur, was könntest du davon haben? Wir kennen uns schon so lange, neulich erwähntest du sogar noch meinen früheren Freund, den Franz. Warum weiß ich nicht. Aber ich kannte dich bisher als eine eigenständig denkende Frau, die Menschen liebt, als eine gute Krankenschwester. Du hast deinen Mann verloren, hörte ich. Das tut mir leid. Damals wolltest du keinen Krieg und musst jetzt den Tod deines Mannes verkraften. Das ist schwer. Aber was bringt dich dazu, mich zu denunzieren? Für etwas, das ich nicht getan habe und für das du keinerlei Beweise vorbringen kannst. Wenn eine Untersuchung redlich laufen wird, stehst du dumm da. Ob dein neuer Verlobter das gut finden wird? Das würde auch auf ihn zurückfallen. Oder wurmt es dich vielleicht immer noch, dass sich Franz damals in mich verliebte und nicht in dich?«

»Wie kommst du denn darauf? So ein Quatsch.«

»Könnte ja sein. Mathilde, wir müssen doch zusammenhalten.

Ich bitte dich aus alter Freundschaft, ziehe die Anzeige zurück. Du bringst nicht nur mich in Gefahr, sondern auch meinen kleinen Jungen. Du brauchst doch nur zu sagen, ich hätte den Verdacht ausräumen können.«

Mathilde schwieg eine Weile und sagte dann: »Gut! Oberschwester Ursula sprach mich gestern ebenfalls auf die Anzeige an und meinte, sie würde dir einen solchen Diebstahl niemals zutrauen. Vielleicht war ich voreilig. Ich ziehe die Anzeige zurück. Zufrieden?«

»Danke Mathilde, das rechne ich dir hoch an.«

Sie wollte schon gehen, drehte sich jedoch noch einmal um.

»Sag mal, warum hast du mich eigentlich nach Franz gefragt?«

»Ich glaubte, ihn hier in Düsseldorf gesehen zu haben. In Uniform und in Begleitung zweier anderer Soldaten. Aber vermutlich habe ich mich getäuscht. Es hätte ja sein können, dass er auf Urlaub ist und dich besucht.«

»Die Soldaten haben keinen Urlaub mehr, schon länger nicht.«

»Na, dann habe ich mich wirklich vertan. Was sieht man in diesen Tagen nicht alles für Gesichter. Else, ich muss jetzt mit dem Rundgang beginnen. Gibst du mir den Bericht schon mal mündlich? Ich meine das Wichtigste, worauf ich achten sollte. Ich lese ihn dann später.«

»Natürlich.«

***

Zu Hause legte sie die Matratzen zurück in die Bettrahmen und räumte Schränke und Schubladen wieder ein. Sie schlüpfte in ihr Nachthemd und fiel erschöpft ins Bett. Sie dachte an den Brief von Hannes und freute sich auf sein Kommen.

Dann übermannte sie der Schlaf.

Sonntag, 8. April 1945
Oberbilker Allee 284

Else stand auf und trank ein Glas Milch zum Frühstück. Sie setzte sich ins Wohnzimmer aufs Sofa und betrachtete die Schrankwand mit all den Fächern. Ihr Blick glitt über die bauchige Vase, den Büchern mit den geschnitzten Buchstützen rechts und links und der verglasten Tür, hinter der Jakob und sie die Likörgläser aufbewahrten. *Vorsicht mit den guten Gläsern*, hörte sie sich rufen, wenn Jakob Sonntagabends zwei herausnahm, um mit ihr einen ruhigen Tagesausklang zu genießen.

Es war so lange her.

Sie schaute auf die Schublade darunter. Abschließbar.

Der kleine Messingschlüssel befand sich schon seit Tagen in der Tasche ihres Morgenmantels.

Else rieb ihn zwischen Daumen und Zeigefinger. Sie dachte an ihren Stiefvater Hannes, der schon morgen Abend vor ihrer Tür stehen würde. Ebenso musste sie an ihren leiblichen Vater Karl denken, der ihre Mutter Agnes wegen einer neuen Frau, Klara, verließ, als Else neun Jahre alt war. Klara trug damals bereits Elses Halbbruder Walter in sich. Else und ihre Brüder blieben bei der Mutter. Die Eltern wurden geschieden.

Ihr Vater und Klara heirateten.

Zwei Jahre danach lernte ihre Mutter Hannes kennen, verliebte sich und heiratete ihn in zweiter Ehe.

Natürlich litt Else unter der Trennung ihrer Eltern, denn sie liebte ihren Vater und vermisste ihn schmerzlich, auch wenn er mit Klara nur ein paar Häuser weiter wohnte. Aber sie mochte ihre neue Stiefmutter sehr. Eine warmherzige Frau, gerade mal neun Jahre älter als sie, mit der man Pferde stehlen konnte. Else durfte sie mit ihrem Vornamen anreden. Und in der Pubertät, einer Phase, in der sie häufiger mit ihrer leiblichen Mutter aneinandergeriet, wurden sie und Klara zu Vertrauten.

Außerdem liebte Else ihren Halbbruder Walter. Er erschien ihr wie ein Geschenk. So oft sie konnte, lief sie nach der Schule zu ihrem Vater und verbrachte den Nachmittag mit dem kleinen Walter. Und wenn Karl und Klara im Stahlwerk arbeiten mussten, passte sie auf den Jungen auf. Jenen Jungen, der nun schon seit über zwei Jahren auf einem Soldatenfriedhof lag.

Else seufzte tief.

Sie ging zurück in die Küche, stellte das leere Milchglas auf die Anrichte und schaute aus dem Fenster. Drei Jugendliche in den Uniformen der Hitlerjugend rannten aus dem gegenüberliegenden Trümmergrundstück auf die Straße. Einer von ihnen schwenkte eine Soldatenjacke in der Hand und lief mit ihr weiter in Richtung Markt. Die beiden anderen johlend hinterher, fortwährend Heil Hitler rufend. Das war wohl die Jacke jenes Soldaten, der sich auf seiner Flucht vor der Heeresstreife ins Trümmerhaus zu retten hoffte. Else massierte sich die Schläfen.

Was ging nur in diesen Jungs vor, die einem toten Soldaten die Jacke auszogen und sie wie eine Trophäe behandelten?

Ihr Tag begann schon mit Kopfschmerzen.

Sie trat vom Fenster zurück, wusch sich und wechselte den Morgenmantel gegen ein buntes Kleid aus dem Schrank. Außerdem zog sie ihre besten Schuhe an. Heute würde sie Wolfgang, dem Bauern, einen Besuch abstatten. Und sie wollte ihm nicht in abgewetzten Sachen gegenübertreten. Das Kleid war nach all den Hungermonaten zu weit geworden. Aber es war ein schönes Kleid, und Hunger durfte nicht als Ausrede herhalten, sich gehen zu lassen. Das bläute ihr ihre Mutter immer wieder ein.

»Sonst gewinnen die, wenn sie aus uns Schlampen machen«, pflegte sie das zu begründen. Wen genau sie mit die meinte, musste sie nicht weiter erklären.

Das Feld zog sich entlang der Fleher Straße bis hin zur Volmerswerther Straße. Der leere Gaskessel am Rand des Feldes an der

Max-Brandts-Straße wirkte wie ein dunkles Mahnmal.

Weithin sichtbar.

Wolfgang bewirtschaftete inzwischen mit seiner Familie den Hof, den er von seinem Vater August übernommen hatte. Und August war mit Elses Vater sehr gut befreundet gewesen. Else und Wolfgang hatten als Kinder oft miteinander gespielt, wenn ihr Vater seinen Freund aus dem Schützenverein auf dem Hof besuchte. Else liebte die Küken mit dem seidenen Gefieder. Sie ließen sich in die Hand nehmen und streicheln. Etwas anderes war es mit dem Hahn der Hühnerschar, der biss ihr einmal in die Wade, als sie gegen Wolfgangs Rat in den Hühnerstall stieg, um eines der braun-bunten Hühner zu streicheln. Das tat verdammt weh und blutete heftig, so dass sie sogar einen Verband benötigte. Auch der schwere dunkle Ackergaul nötigte ihr Respekt ab. Wie ein Koloss wirkte er, wenn sie über den Futtertrog in den Stall blickte. Sobald Else zum Hoftor hereinkam, raste ihr Fritz, der Hofhund, in hohem Tempo entgegen. Er bremste erst kurz vor ihr, sprang mit lautem Geheul an ihr hoch, nur um sich dann auf den Boden zu schmeißen. Das obligatorische Gejaule endete erst, nachdem Else sich bückte und ihn kraulte. Reinrassiger Schäferhund, betonte der alte Bauer immer stolz, auch wenn niemand danach fragte. Aber die weiße Schwanzspitze und das weiße Brustfell zeugten eher davon, dass da noch wer anders ein Wörtchen mitgeredet hatte.

Das Hofgebäude mit den Ställen und weiteren Feldern stand in Hamm. Wolfgang wurde nicht zur Wehrmacht eingezogen, weil sein Vater durch eine Krebserkrankung im fortgeschrittenen Stadium mittlerweile die Hofarbeit nicht mehr leisten konnte und Wolfgang daher als unabkömmlich galt. Zwangsarbeiter wurden eher damit beschäftigt, Trümmerstücke einzusammeln und nach einem Granatenbeschuss herumliegende Leichen aus den Parks und den Wäldern auf Karren zu laden und zum Krematorium zu bringen. Wolfgangs Mutter war mit der aufwendigen Pflege ihres Mannes mehr als ausgelastet. So mussten Wolfgang und seine Frau mit einem Burschen die gesamte Feldarbeit leisten.

Else fuhr mit dem Rad, auf dessen Gepäckträger sie eine leere

Tasche gebunden hatte. Die Morgensonne blinzelte durch die Baumzweige, aus denen bereits pralle grüne Blattknospen ans Licht drängten. Der blaue Himmel wechselte ab mit dem Grau und Weiß der Wolken.

Ein schöner Frühlingstag nach dem sechsten Kriegswinter.

Else bog von der Vollmerswerther Straße in die Fährstraße ein, die zum Hof führte. Sie wusste natürlich nicht, ob Wolfgang zu Hause war. Angemeldet war sie nicht. Draußen auf dem Hof und in den Ställen konnte sie niemanden sehen.

Sie klingelte am Wohnhaus.

Ob er sie wiedererkannte?

Es lagen achtzehn Jahre zwischen ihrer letzten Begegnung und heute. Wenn sie sich morgens im Spiegel betrachtete, dann sah sie die Spuren der vergangenen zehn Jahre in ihrem Gesicht. Die schönen Ereignisse in ihrem Leben, die Liebe zu Jakob und die Geburt ihres Kindes, hatten in ihren Gesichtszügen Platz gemacht für die Anzeichen des Hungers, der Sehnsucht und der Angst.

Nach einer gefühlten Ewigkeit öffnete eine Frau die Tür.

Ihr Gesichtsausdruck war hart.

»Wir kaufen und tauschen nichts.«

Sie musste so alt wie Wolfgang sein und war augenscheinlich erst vor Minuten von einem der Felder oder aus einem der Ställe zurückgekehrt. Jedenfalls ließ die dreckige Erde an ihren Gummistiefeln das vermuten. Ihr Blick blieb abweisend. Schon versuchte sie die Türe wieder zu schließen. Else begann hastig und etwas zu laut: »Entschuldigen Sie bitte, sind Sie die Frau von Wolfgang? Ich würde gerne kurz mit ihm sprechen. Wir kennen uns von früher. Mein Name ist Else Gores, früher Böhnke.«

»Mein Mann ist noch auf dem Feld in der Flehe. Was heißt denn, Sie kennen sich von früher?«

»Unsere Väter waren zusammen im Schützenverein und eng befreundet. Wolfgang und ich haben als Kinder oft zusammen gespielt. Wo genau ist denn das Feld in der Flehe? Früher hattet ihr doch nur die Felder in Hamm?«

»Ja, das stimmt. Aber zwei der Flächen sind seit einem Jahr nicht mehr zu gebrauchen, weil die vielen Bombenlöcher die Bestellung unmöglich machten. Das Feld in der Flehe liegt direkt an der Max-Brandts-Straße. Vor der Bonifatiuskirche und neben dem Gaskessel. Das können Sie überhaupt nicht verfehlen.«

»Danke, dann radel ich schnell zur Fleher Straße, ist ja nicht weit. Sollte ich ihn dort nicht mehr antreffen, dann grüßen Sie ihn bitte von mir. Ich komme dann morgen noch mal vorbei.«

Die Frau nickte, nun freundlicher als zuvor.

Else stieg aufs Fahrrad und fuhr los. Wolfgang wollte gerade den Motor seines mit Gemüse beladenen Hanomags starten, als Else ihr Rad neben der Fahrertür anhielt und ihm zuwinkte. Er schaute durch das offene Seitenfenster auf sie herab.

Else erkannte ihn sofort wieder.

Immer noch der rote Wuschelkopf und die Sommersprossen auf der Nase. Er dagegen runzelte die Stirn und sagte nichts.

Sicher überlegte er, wo er sie schon einmal in seinem Leben gesehen haben könnte.

»Hallo Wolfgang, erkennst du mich nicht mehr? Ich bin es, Else«, rief sie ihm zu und grinste. Sein Gesichtsausdruck wandelte sich in Erstaunen. »Na, das ist ja eine schöne Überraschung! Mit dir hätte ich jetzt gar nicht gerechnet. Was machst du denn hier? Wohnst du noch in Oberbilk?«

»Ja, bin nie weg gewesen. Ich freue mich auch, dich wiederzusehen.«

»Ich wollte gerade los. Willst du mitkommen zu uns? Dann können wir uns unterhalten, und du lernst meine Frau kennen. Die hat bestimmt noch was Süßes im Schrank.«

»Danke für die Einladung, aber ich komme gerade von da. Dachte natürlich, du arbeitest noch auf den Feldern in Hamm. Habe deine Frau eben noch gesprochen. Sie schickte mich hierher. Aber jetzt habe ich nicht mehr viel Zeit, weil mich gleich meine Freundin besucht. Ich habe eine große Bitte. Du weißt ja, dass wir auf Lebensmittelkarten kaum noch was bekommen, sie streichen ja immer mehr zusammen. Oder die Regale sind eh leer. Jetzt frage ich dich, ob ich mit dir tauschen kann?«

Else kramte aus dem Korb ein kleines Kästchen hervor, öffnete es und nahm vorsichtig die Goldbrosche heraus.

»Die ist von meiner Oma, echtes Gold mit einem Granatstein. Sie schenkte sie mir vor Jahren. Ich hätte am liebsten etwas Hühnerfleisch, Butter und Milch dafür. Oder Schinkenspeck. Ich bin ständig hungrig, arbeite täglich zehn Stunden im Krankenhaus, und dort bekommen wir meist nur Wassersuppe mit Gemüse, Kartoffeln und höchstens zwei Teelöffel Fett darin. Davon wird der Hunger nur noch größer als kleiner.«

Wolfgangs Lächeln verschwand. Sein Ausdruck wurde traurig.

»Else, wir werden hart bestraft, wenn wir so etwas machen, das weißt du doch bestimmt.« Dennoch nahm er das Schmuckstück in die Hand und betrachtete es eingehend.

»Die Brosche ist wunderschön. Meine Frau würde sich bestimmt über solch ein Geschenk freuen. Zu anderen Zeiten wäre das kein Problem. Aber in dieser Situation … das kann ich nicht machen. Ich habe Familie und möchte jede Gefahr vermeiden. Einfach nur still und leise durchhalten, bis die Scheiße vorbei ist. Bitte verstehe das. Außerdem … uns Bauern hat man auch die Fleischrationen gekürzt. Ihr Städter meint immer, uns ginge es sehr viel besser. Das stimmt nur, was Gemüse, also Kohl, Kartoffeln, Salat und Steckrüben angeht. Und Eier natürlich. Aber Fleisch gibt es auch bei uns schon länger nicht mehr. Nur noch an Feiertagen. Wir werden sehr genau von der Polizei beobachtet. Und vom Ortsbauernführer.« Er fuhr sich mit Finger quer über den Adamsapfel. »Wenn wir bei Tauschgeschäften auffallen, dann werden wir als Volksschädlinge bestraft. Und darauf stehen hohe Strafen. Sie kontrollieren jetzt täglich, weil sie das Fleisch unbedingt für die Soldaten brauchen. Tut mir leid, Else. Kannst du nicht im Krankenhaus aus der Küche was abbekommen? Wenn du dort jemanden kennst …?«

Else senkte den Blick und sagte leise: »Nein, ich bin ja nur Hilfsschwester, ich kenne keinen der Küchenleute. Dann lass mal gut sein, Wolfgang. Vielleicht treffen wir uns nach dem Krieg mal, wenn mein Mann zurück ist … hoffentlich. Mach's gut, bis irgendwann.«

Sie drehte sich schnell um und griff nach ihrem Rad.

Sie wollte nicht, dass er ihre Tränen sah.

»Else, warte! Du sagtest, du arbeitest im Krankenhaus. Meine Frau hat eine eitrige Wunde am Unterarm. Schon längere Zeit. Sie will und will nicht heilen. Schon gar nicht bei der vielen Arbeit im Stall jeden Tag. Unser Hausarzt ist bei dem Beschuss vor ein paar Tagen umgekommen. Sie hat keine Medizin. Könntest du mal schauen, ob du an eine Salbe oder ein Pulver kommen kannst? Wenn du mir etwas besorgen könntest, was hilft, komm zu uns. Dann kann ich dir etwas dafür geben. Und die Brosche behältst du besser. Sie ist wertvoll, und deshalb könnte ich dir ohnehin nicht genug geben. Ich will dich ja nicht übervorteilen. Vielleicht brauchst du sie in einer anderen Situation noch mal dringender.«

Plötzlich legte Wolfgang seinen Finger auf die Lippen.

Else drehte sich intuitiv um und erkannte zwei Polizisten, die zielstrebig auf sie zusteuerten. Sie mussten sie beobachtet haben.

»Was quatschen Sie denn so lange hier herum auf der Straße? Mit laufendem Motor? Geht es um ein Geschäft? Was auf Tauschhandel steht, muss ich Ihnen nicht sagen, oder?«

Der ältere der beiden Polizisten schaute Wolfgang prüfend an.

Der stellte den Motor ab.

»Nein, brauchen Sie nicht. Wir kennen uns und sprachen über die Krankheit meiner Frau, weil Frau Gores Krankenschwester ist und sie das interessierte.«

Der Polizist drehte sich zu Else. Die hatte den kurzen Wortwechsel dazu genutzt, die Brosche, die sie immer noch in der Hand hielt, in ihren Kleiderausschnitt zu schieben. Sie kratzte sich am Hals und wedelte eine imaginäre Fliege weg. Dabei verschwand die Brosche in ihrem Büstenhalter.

Sie sah dem Polizisten ins Gesicht und setzte ein strahlendes Lächeln auf, während ihr Herz bis in den Hals pochte. Der Mann wandte sich an seinen Kollegen: »Und, willst du dir erste Sporen verdienen?« Er grinste und wies mit einer knappen Kopfbewegung auf Else. Else schaute zu Wolfgang hoch, der unbeteiligt einige Krähen beobachtete, die mit lautem Gezeter auf seinem Acker scharrten. Er tat, als ginge ihn das Ganze nichts an.

»Ach quatsch, lass Sie gehen. Niemand setzt für ein paar Kartoffeln das Leben aufs Spiel«, sagte plötzlich der junge Polizist.

»Hm … ich weiß nicht.«

Der Beamte musterte sie eine halbe Ewigkeit. Es kam Else so vor, als versuche er, ihre Gedanken zu lesen.

»Mein junger Kollege glaubt noch an das Gute im Menschen. Aber ich warne Sie, Fräulein, wenn wir Sie wieder hier oder überhaupt in der Nähe eines Bauernhofes sehen, nehmen wir Sie mit auf die Wache und werden Sie einer Körpervisitation unterziehen, die sich gewaschen hat.«

Er drehte sich zum Hanomag: »Und du, Bauer, weißt, was du zu tun und zu lassen hast. Also hauen sie beide ab, bevor ich es mir anders überlege.« Die Polizisten winkten Wolfgang, dass er sich in Bewegung setzen solle. Der startete den Motor und tuckerte los.

Else trat so fest sie konnte in die Pedalen. Auf dem Weg zurück nach Oberbilk spürte sie immer noch Angst, aber auch ein wenig Stolz, wenn sie daran dachte, wie sie sich aus der Situation hatte retten können.

Sie hielt am Straßenrand an, fischte das Schmuckstück aus dem BH, legte es in das Kästchen im Korb und fuhr weiter.

***

Ich komme erst heute Abend zu dir stand auf dem Zettel, der zwischen Türblatt und Zarge klemmte.

Als Unterschrift nur ein *K.* Karola.

Also später als angekündigt. Else legte eine Schellackplatte mit Schlagern der Dreißigerjahre auf ihren elektrischen Plattenspieler und tanzte ausgelassen Charleston und Jive, bis sie völlig außer Puste war. Danach fühlte sie sich so wohl wie lange nicht mehr. Mit diesem Schwung räumte sie die Wohnung auf. Drei Eier und ein halbes Brot lagen im Schrank. Besser als nichts. Hoffentlich war Karola nicht so hungrig. Ihr fiel noch einmal Wolfgang ein.

Eine Salbe brauchte seine Frau.

Else öffnete den Kleiderschrank im Schlafzimmer, in dem sie

einige Arzneimittel aufbewahrte. Darunter befand sich die kleine Flasche mit dem Kaliumpermanganatpulver. Gegen die schlecht heilende Wunde könnte das besser helfen. Und für ihr Abendbrot.

Vierzig Minuten später stand sie zum zweiten Mal an diesem Tag vor dem Haus ihres früheren Freundes Wolfgang und klingelte.

Erstaunt warf der einen prüfenden Blick in den Hof und bat sie herein. »Wolfgang, ich habe hier was für euch. Das könnte helfen.«

Sie holte das Fläschchen heraus und gab es ihm.

»Das ist Kaliumpermanganat, ein Pulver, das in Wasser aufgelöst wird. Deine Frau muss die Wunde darin täglich zehn Minuten baden. Man braucht nur wenig Pulver, um Wirkung zu erzielen. Die Verdünnung mit Wasser muss eine einprozentige Lösung ergeben, damit es durch die Anwendung keine schmerzhafte Hautreizung gibt. Es wirkt desinfizierend und hervorragend gegen Bakterien. Ich habe von meinem Bestand etwas abgefüllt. Wenn deine Frau in den Stall geht, muss sie die Wunde verbinden, damit keine neuen Bakterien hinein gelangen.«

Wolfgang starrte auf das Pulver, und Else sah ihm die Freude und Erleichterung an. »Ich danke dir sehr, Else. Meine Frau wird heilfroh sein. Sie ist gerade nicht hier, sonst würde sie dir um den Hals fallen.«

»Ich freue mich, wenn ich helfen kann.«

»Ich habe mir auch Gedanken gemacht nach unserem Gespräch von vorhin. Und natürlich gehofft, dass du tatsächlich mit etwas vorbeikommst. Deshalb habe ich dir einen kleinen Kartoffelsack gepackt. Obenauf sind Kartoffeln. Darunter liegen Möhren und Porree. Falls du angehalten wirst von der Polizei, kann dir das nicht als Straftat vorgehalten werden, Möhren und Kartoffeln sind denen nicht so wichtig wie Fleisch. Die Hauptsache liegt aber darunter: ein Stück Schinkenspeck, in ein Handtuch eingewickelt, darüber die neueste Ausgabe der Parteizeitung.«

Wolfgang musterte sie verstohlen. Sie sah erschöpft aus.

»Bist du verheiratet?«

»Ja, mit Jakob Gores. Er ist seit fünf Jahren im Krieg. Und mein Sohn ist seit zwei Jahren meistens in Thüringen bei seiner Oma. Es ist nicht leicht, auf die liebsten Menschen zu verzichten.«

»Das verstehe ich. Ich denke ja, es wird bald vorbei sein. Ich wünsche dir, dass du deine Liebsten zügig wieder in die Arme schließen kannst, und ich würde mich freuen, wenn wir uns dann gegenseitig besuchen könnten.«

Die Kühe im Stall brüllten. Er schaute auf die Uhr.

»Pünktlich wie die Kirchenmäuse. Ich muss jetzt noch mal in den Stall, die Kühe warten auf den Melker«, lachte er. Er hielt Else die Hand hin, überlegte es sich aber sofort. Stattdessen nahm er sie in den Arm und drückte sie fest an sich.

»Danke, lieber Freund«, presste sie unter Tränen heraus. Es war ihr unangenehm, ihm ihre Emotionen zu zeigen. »Ich habe nah am Wasser gebaut, wie man so schön sagt. Seit zwei, drei Tagen geht das schon so. Es ist einiges passiert bei mir. Aber ich werde auch die letzten Wochen noch durchhalten. Ich melde mich bei dir, wenn Jakob zurück ist und die Welt wieder friedlich ist. Mein Sohn Josef liebt Tiere genauso wie ich. Wäre schön, wenn ich ihn mitbringen könnte und du ihn mal mit in den Stall nimmst.«

»Natürlich! Bring ihn mit.«

Else nahm den Sack, drehte sich um und trat auf den Hof, wo ihr Fahrrad stand. Sie winkte Wolfgang kurz zum Abschied und fuhr los. Nach dreißig Minuten erreichte sie schnaufend ihre Wohnung. Auf der Treppe wartete schon Karola.

»Da bist du ja, ich bin so froh, dich zu sehen.«

»Du glaubst nicht, wie sehr ich mich freue, dich zu sehen. Du siehst so frisch aus, als wärest du im Urlaub gewesen. Wie machst du das? Lass mal sehen, sogar deine Augen … ist das Kajal?«

»Ja, uraltes Material, aber es reicht noch aus. Komm, lass uns einen gemütlichen Abend machen.«

»Stell dir vor, ich konnte Schinkenspeck organisieren.«

»Nein! Im Ernst? Hm … lecker. Ich habe auch was im Gepäck. Ich konnte Kaffee auftreiben, sollen wir uns zwei Tassen aufbrühen?« Else sah sie mit großen Augen an.

»Du meinst echten Kaffee? Wie bist du denn daran gekommen?«

Karola lachte. »Ich kenne die richtigen Leute. Und mein Vater behandelt auch betuchte Patienten. Da geht schon mal was über die Arztliege, wenn du verstehst. Ich habe auch noch Eier und Butter auftreiben können. Das wird ein fürstliches Mahl.« Karola brühte zwei Tassen Kaffee auf, und die Freundinnen setzten sich an den runden Holztisch, der zwischen den beiden mit rotem Stoff bezogenen Sesseln im Erker stand.

»Wie das riecht!« Else schnupperte dem Kaffeeduft hinterher. Sie aß und trank, und endlich fiel die Anspannung der letzten Tage von ihr ab. Gemeinsam brachten sie die leeren Teller und Tassen in die Küche. »Und jetzt kommt das Beste!« Theatralisch zeigte Karola auf ihren Rucksack. Langsam zog sie eine Flasche Wein heraus. Else schlug sich die Hand vor den Mund, um nicht zu schreien.

»Ist der auch aus dem Bestand deines Vaters?«

»Ja, meine liebe Else, diese Flasche fand ich im Keller, stammt noch aus den Zwanzigern, Eiswein von der Mosel. Süßer geht es nicht«, lachte sie.

»Ich wusste nicht, dass es Eiswein überhaupt gibt. Jetzt bin ich sehr gespannt.«

»Lass uns eine Weltreise planen … «, schlug Karola vor, »… oder Mensch ärgere dich nicht spielen.«

Sonntag, 8. April 1945
Nacht

Else fand keinen Schlaf. Neben ihr auf Jakobs Seite schlief Karola und schnarchte wie ein Bär mit einem Liter Met im Bauch. Es war spät geworden, und trotzdem fühlte sie sich jetzt hellwach.

Wie so oft nach einem Tag wie diesem zogen die Ereignisse wie ein Film vor ihrem inneren Auge ab. Und wie in der realen Situation stieg ihr Puls an, als sie an die Polizisten in der Flehe zurückdachte. Nicht auszudenken, wenn ihr die Brosche auf die Erde gefallen wäre. Das hätten die nicht durchgehen lassen und nicht nur sie, sondern auch Wolfgang verhaftet.

Immer wieder tauchten hungernde Menschen mit Schmuck, Porzellan oder teuren Uhren bei Bauern auf. Die Brosche wäre für die Beamten eindeutig gewesen. Nein, sie wollte lieber an etwas Schöneres denken und darüber einschlafen. Sie schloss die Augen, und ihre Gedanken flogen zu Jakob.

Sie sah ihn vor sich … den stolzen Vater, dem sie im Januar 1940 seinen gerade geborenen Sohn in die Arme legte. Und sie dachte mit einer süßen Wehmut daran zurück, wie diesem großen starken Mann gerührt Freudentränen über die Wangen liefen, als er sein Kind sanft und liebevoll hin und her schaukelte, zärtlich die winzigen Hände streichelte und ihr ein »*Liese, danke … ich liebe dich*« ins Ohr hauchte.

Aber ihr fiel auch der Besuch im Lazarett 1942 wieder ein.

Er lag mit einem komplizierten Beinbruch im Krankenhaus. Der kleine Josef stolperte auf seinen Papa zu und legte ihm den selbstgebackenen Kuchen auf die Bettdecke. Ergriffen brachte Jakob kein Wort heraus, küsste stattdessen zuerst seinen Sohn und dann sie. Drei Wochen sollte es dauern, bis er mit einem Gipsbein entlassen wurde. Und schon drei Wochen später musste er wieder zurück nach Russland. Jakob erzählte von seinen Kämpfen, von den Schlachten und von seinen gefallenen Kameraden. Erst mit seinen Berichten bekamen die Grausamkeiten des Krieges an der Front ein Gesicht für Else. Greifbar und konkret begriff sie das Ausmaß dieses Wahnsinns. Reines Glück, dass Jakob noch lebte.

Seitdem sahen sie sich nur noch einmal bei seinem Fronturlaub im Sommer 1944. Josef war inzwischen vier Jahre alt. Zwei Wochen durfte Jakob bleiben. Seitdem folgten einzig und allein Briefe. Und obwohl die Front der Heimat fortwährend näher kam, wurden die Postlaufzeiten immer länger. Der letzte Feldpostbrief war schon zwei Monate alt, als er sie erreichte. Ihre eigenen Briefe an Jakob blieben wiederum unbeantwortet. Zu Kriegsbeginn hatte er stets zeitnah zurückgeschrieben.

Sie tröstete sich damit, dass sie, wäre er gefallen, bestimmt eine Nachricht bekommen hätte.

Hedwig wurde Peters Tod ja auch zügig mitgeteilt.

Mittlerweile fühlte sie sich bleiern genug, und sie drehte sich auf die Seite. Sie schloss die Augen mit dem intensiven Wunsch, dass Jakob in diesem Moment an die Tür klopfen möge und sie endlich wieder in seine Arme fallen könne.

Es klopfte!

Selig schmiegte sie ihre Wange ins Kissen und lächelte.

Es klopfte noch einmal.

Leise und zaghaft zwar, aber eindeutig.

Jetzt saß Else aufrecht im Bett. Ihr Herz schlug wild.

Karola schnarchte. Könnte das Hedwig sein? Mit beginnenden Wehen? Nein, die würde heftiger klopfen und laut stöhnen.

Else schwang die Beine aus dem Bett, schlüpfte in die Pantoffeln und warf sich ihren Morgenmantel über. Sie schlich in die Diele und näherte sich vorsichtig der Wohnungstür. Wieder hörte sie das vorsichtige Klopfen. Wer stand um diese Zeit vor ihrer Tür? Die Polizei würde hämmern. Sie streckte die Hand zum Türgriff aus, wartete aber noch.

Da vernahm sie das Flüstern einer männlichen Stimme. Jakob?

»Else? Bitte mach auf.«

Die Stimme erkannte sie nicht. Sie verhielt sich ganz still.

»Else, wenn du da bist, lass mich bitte rein. Ich bin es, Franz.«

Else machte einen Satz zurück in die Diele. Franz? Sie zögerte.

»Bitte … Liese …«

Liese! So hatte er sie früher immer genannt.

Er klang bettelnd. Dafür fiel ihr nur ein einziger Grund ein. Fahnenflucht!

Sie drückte den Griff und zog die Tür einen Spaltbreit auf.

»Else! Gott sei Dank! Kann ich hereinkommen? Bitte!«

Sie antwortete nicht, brachte kein Wort heraus. Stattdessen trat sie einen Schritt zur Seite und ließ ihn herein. Hinter ihm lugte sie ins Treppenhaus, ob irgendein Nachbar neugierig sei. Alles ruhig.

Das Haus schlief.

Sie schloss die Tür und drängte Franz in die Küche. Dort legte sie einen Finger auf ihre Lippen. Franz stand vor ihr, sehr dünn, sehr blass und in zerlumpter Kleidung. Sie fand in der Erscheinung nahezu keinerlei Ähnlichkeit mit jenem Franz, den sie kannte.

Der Junge mit dem spitzbübischen Lächeln, den strahlend blauen Augen und den hellen, stets zerzausten Haaren. Der Junge, in den sie sich mit fünfzehn Hals über Kopf verliebte. Doch seine und ihre Mutter waren Cousinen. Er sah nicht nur gut aus, vor allem seine Art, sie anzusehen, mit einem Blick, der interessiert und gleichzeitig etwas überheblich wirkte, hinterließ bei Else Neugier und den Wunsch, ihn näher kennenzulernen. Der erste Kuss … der zweite … kein Kinofilm kam dieser Wucht der Gefühle nahe. Mit jedem Treffen wurden die Empfindungen heftiger. Wenn sie vorher oft mürrisch und lustlos gewesen war, änderte sich Elses Stimmung nun in Freude über jeden neuen Tag. Als sie fröhlich in Gedanken an ihn begann, in der Küche singend herumzutanzen und dabei vergaß, den Tisch zu decken, wurde ihre Mutter aufmerksam.

»Bist du verliebt?«

»Ja«, antwortete Else, leicht errötend.

»Du brauchst doch nicht rot zu werden, Kind. Es ist doch schön, verliebt zu sein. Aber du bist doch anständig dabei, oder? Jetzt sag schon, wer wird vielleicht mein Schwiegersohn?«

»Du kennst ihn. Es ist der Franz Keller. Ich wollte schon länger fragen, ob ich mit ihm einen Tanzkurs besuchen darf.«

»Oh mein Gott«, stöhnte ihre Mutter auf. »Das geht doch nicht. Der Franz ist ein sehr netter Junge, aber ihr seid doch miteinander verwandt. Cousin und Cousine.«

»Ja und? Das kann doch kein Grund sein, nicht mit ihm tanzen zu lernen. Das könnt ihr nicht verbieten.«

»Ich bespreche das mit deinem Vater.«

Sie ging auf Else zu und wollte sie umarmen, aber die stieß sie zurück, rannte heulend aus dem Zimmer und warf sich auf ihr Bett.

Noch am selben Abend verboten die Eltern ihr jeglichen Umgang mit Franz. »Wir wollen nicht, dass du nächstes Jahr ein behindertes Kind ins Haus bringst.«

»Aber wir machen so etwas doch gar nicht«, verteidigte sich Else.

»Vielleicht noch nicht. Keine weitere Diskussion. Es gibt genug andere Jungen in Düsseldorf, mit denen du tanzen gehen kannst.«

Solch eine Strenge kannte Else von ihren Eltern bis dahin nicht.

Ein paar Mal trafen sich beide heimlich.

Bald jedoch schlief die Beziehung ein.

Jetzt fühlte sich Else völlig überrumpelt.

»Franz, hast du Hunger?«, brachte sie endlich heraus.

Er schüttelte den Kopf. »Durst!«, fügte er dann hinzu.

Else kochte Tee und schmierte ihm dennoch zwei Schnitten Brot mit dem Rest Käse aus ihrem Vorrat. Obwohl er Hunger verneinte, schlang er das Brot in Windeseile hinunter.

»Du musst ganz leise sprechen, Franz. Meine Freundin schläft im Schlafzimmer nebenan, und meine Nachbarn sind extrem neugierig. Erzähl, wo kommst du her?«

»Ich bin nach der Ardennenoffensive abgehauen. Ein Freund ist noch am Tag vor meiner Flucht auf eine Mine getreten. Er wollte eigentlich mitkommen. Seitdem schlage ich mich durch die Wälder. Seit zwei Wochen bin ich in Deutschland und seit drei Tagen in Düsseldorf. Auf dem Land kann man wenigstens noch in einer Scheune unterkommen, wenn man dem Bauern hilft. Auf manchen

Landstraßen lagen tote Pferde auf dem Feld neben zerstörten Pflügen oder anderen landwirtschaftlichen Geräten.«

»Kannst du nicht zu deinen Brüdern? Wo ist deine Mutter?«

»Meine Mutter steht seit meiner Flucht unter Beobachtung. Sie haben schon mehrmals ihre Wohnung auf den Kopf gestellt. Mein Vater ist bereits vor zwei Jahren gefallen. Meine Brüder sind auch noch irgendwo an der Front, vielleicht schon tot. Ich weiß es nicht. Else, ich kann mich nirgends blicken lassen in meinem Aufzug. Schon gar nicht in diesem Viertel, in dem abgehalfterte Wehrmachtssoldaten Standgericht spielen. Ich sehe aus wie ein Bettler in der alten Hose und der Jacke, alles riecht nach Müll. Mein Geld ist auch futsch, geklaut. Viel war es sowieso nicht mehr. Bitte, Else, kann ich mich in deinem Keller verstecken? Es ist ohnehin bald vorbei. Es kann nur noch ein paar Tage dauern, bis die Amerikaner Düsseldorf übernehmen. Und dann ist für uns alle der Spuk vorbei. Ich will nicht noch auf den letzten Metern sterben.«

Alles in Else raste. Puls. Nerven. Gedanken.

»Ich auch nicht, Franz.«, murmelte sie fast unhörbar.

»Was?«

»Auf den letzten Metern sterben. Aber das mit deinen Klamotten kann ich bestätigen. Du stinkst wie ein Skunk.«

Franz musste lachen und erstickte es schnell in seinem Ärmel.

Else stand auf, öffnete die Schlafzimmertür einen Spalt und überzeugte sich, dass Karola tief und fest schlief.

»Zum zweiten Mal in meinem Leben«, erklärte sie, als sie an den Tisch zurückkehrte, »kommt mich unsere Verwandtschaft teuer zu stehen.« Franz sah zu Boden. »Wir sind verwandt«, fuhr sie fort, »ich kann dich nicht einfach wegschicken, aber du bringst uns alle in Gefahr. Ich muss darüber nachdenken.«

»Ich weiß …«

»Übrigens, vor ein paar Tagen wurden drei Soldaten von der Streife gejagt, hier unten auf der Straße. Direkt vor diesem Haus. Einer von ihnen versteckte sich in unserem Hauseingang. Ich habe ihn mitgenommen. Früh am Morgen ist er dann weiter. Der zweite flüchtete in das Trümmerhaus gegenüber und wurde dort erwischt.

Der dritte konnte fliehen. Warst du das?«

»Das kann gut sein. Wenn ich weglaufe, achte ich nicht auf die Umgebung. Aber ja, wir waren zu dritt. Wie hieß denn der, den du mitgenommen hast?«

»Robert.«

Franz senkte den Blick.

»Ja, das waren dann wohl wir. Robert wollte zu seiner Mutter, die ihren Hof nicht alleine halten kann. Und der andere?«

»Den haben sie noch im Trümmerhaus erschossen. Robert hat es auch erwischt. Sie haben ihn unten am Rhein gefunden und direkt getötet.«

»Dann sind sie also tot.«

Er sagte das unbeteiligt, als höre er von einer Erkältung.

»Es gibt hier eine Antifa-Gruppe mit geheimen Sammelstellen«, sagte Else, »für die organisiere ich Zivilkleidung, die die Soldaten brauchen. Ansonsten kann man niemandem mehr trauen. Die Leute denunzieren sich gegenseitig, um ihre eigene Haut zu retten. Wenn dich jemand sieht, der weiß, dass du hier nicht wohnst, geht sofort ein Hinweis an die Gestapo. Mein und dein Leben hängen davon ab, das musst du verstehen. Allein schon wegen meines Sohnes kann ich mir keine Eskapaden leisten.«

»Du hast ein Kind? Ist es hier?«

»Nein, Josef ist mit meiner Mutter in Thüringen. Er ist fünf.«

Sie schwiegen eine Weile.

»Das verstehe ich vollkommen. Du willst dein Kind nicht in Gefahr bringen«, begann Franz erneut. »Ich bin auch nicht böse, wenn du sagst, es sei dir einfach zu gefährlich. Dann muss ich sehen, wie es weitergeht.«

»Sie suchen dich, Franz. Auch meine Wohnung haben sie wegen dir völlig auf den Kopf gestellt. Sie nahmen die Betten auseinander, schauten in die Schränke und anderes mehr. Speicher und Keller sind Standard. Ich scheue mich grundsätzlich nicht, Menschen zu helfen. Glaub mir, das ist meine tägliche Arbeit im Krankenhaus. Aber jemanden auf Dauer zu verstecken, das ist neu für mich. Zweimal steckte ich Soldaten im Krankenhaus Zivilkleidung zu.

Das erschien mir harmlos. Sie wollten nicht zurück an die Front. Ich holte die Sachen bei der Sammelstelle ab und gab sie ihnen. Dabei dachte ich noch nicht an die Gefahr, in die ich mich begab. Aber inzwischen ist hier der Teufel los. Je näher das Ende rückt, desto härter greifen sie durch. Sie suchen die Flüchtigen in allen Ritzen und erschießen sie direkt. Du kannst dir nicht vorstellen, mit welchem Hass sie vorgehen. Ich verstehe das nicht. Die Männer von der Heeresstreife waren doch auch mal Soldaten, die mit jenen im Schützengraben gelitten haben, die sie jetzt kaltblütig erledigen. Die Welt ist aus den Fugen, Franz. Es regieren nur noch Neid und Hass.« Sie machte eine kurze Pause. »Und Dummheit. Vor allem Dummheit. Nicht mehr lange, und die Amis sind hier. So oder so. Was bringt diese Hatz jetzt noch? Ich verstehe es einfach nicht. Ich will nur, dass es endlich vorbei ist.«

»Ich auch, Else …«

Else stand auf. »Lass uns morgen weiter reden. Ich bin müde. Du schläfst heute Nacht im Wohnzimmer auf dem Sofa. Du kannst dich gleich frisch machen, hier in der Küche am Spülstein. Darunter liegt eine Waschschüssel, und ich gebe dir Seife. Und von Jakob kann ich dir Kleidung geben. Um neun Uhr frühstücken wir, und dann sehen wir weiter. In Ordnung?«

Franz ergriff ihre Hand. »Danke! Zum ersten Mal seit Wochen so etwas wie ein richtiges Bett. Fühlt sich an wie ein Landeplatz im siebten Himmel. Hoffentlich kann ich mich irgendwann bei dir revanchieren. Danke!«

»Das wird sich zeigen. Und denk dran, eine Freundin übernachtet hier bei mir. Nicht dass du erschrickst, falls sie heute Nacht zur Toilette muss und dabei am Sofa vorbeigeht.«

»Alles klar! Hoffentlich erschrickt sie sich nicht über mich!«

Else brachte ihm zwei Handtücher und Seife und verschwand in ihrem Schlafzimmer. Ich muss das Karola erklären, dachte sie, bevor sie einschlief.

Montag, 9. April 1945
Oberbilker Allee 284
Vormittag

Ein Geräusch schreckte Else aus dem Schlaf.

Sie richtete sich auf und lauschte. Jemand hantierte in der Küche.

Else blickte nach links. Jakobs Seite des Bettes war verlassen. Das musste Karola sein in der Küche. Else schwang die Beine aus dem Bett, schlüpfte in ihre Pantoffel, zog den Morgenmantel über und tapste hinüber.

»Oh, du bist schon wach? Hast du gut geschlafen?«

»Ja, richtig gut«, erwiderte Karola. »Und ich bin gespannt zu erfahren, wer in deinem Wohnzimmer auf dem Sofa liegt«, grinste sie.

»Du hast ihn schon gesehen? Das ist Franz. Franz Keller von damals. Du weißt schon, meine erste Liebe in Unterbach.«

»Ach? Der ist das? Wieso liegt der jetzt auf deinem Sofa?«

»Der stand heute Nacht vor der Tür. Er ist desertiert. Er kann auch nicht zu seiner Mutter gehen, da suchen sie ihn schon. Sie weiß erfreulicherweise nicht, dass er in Düsseldorf ist. Er hat eine entzündete Wunde am Fuß und kann kaum laufen. Ich würde ihm gern helfen, aber ich habe auch Angst, du weißt schon, wegen der Heeresstreifen. Was soll ich machen? Ich bringe ja nicht nur mich, sondern auch Jakob in Gefahr. Aber Franz gehört zur Familie und weiß nicht wohin. Seine Brüder sind noch an der Front oder schon tot oder in Gefangenschaft. Natürlich fürchtet er um sein Leben.«

»Wie wir alle«, ergänzte Karola.

Else deckte den Tisch, während Karola das heiße Wasser vom Ofen nahm und den Kaffee aufgoss.

»Was würde Jakob dir raten?«, fragte sie.

»Ich glaube, der würde nicht lange überlegen. Er würde vermutlich sagen, dass jeder, der sich diesem sinnlosen Weiterkämpfen verweigert, einen Orden bekommen sollte. Und er würde hinzufügen, ich solle dabei an meine Brüder denken.«

»Und? Denkst du wie Jakob?«

»Ich weiß nicht wirklich, ob er so denkt. Ich vermute es nur. Denn wenn er so dächte … warum ist er dann nicht hier?«

»Wer weiß? Vielleicht ist er schon auf dem Weg?«

Karola stellte die Kanne auf den Tisch. Sie legte Else eine Hand auf die Schulter und sagte: »Ich kann deine Unsicherheit wegen Franz verstehen. Er ist kein Fremder, gehört immerhin zu deiner Familie, und er schwebt in Lebensgefahr. Aber das gilt auch für Jakob an der Front und für Josef insofern, als er Gefahr liefe, ohne seine geliebte Mama aufwachsen zu müssen, wenn es hart auf hart käme. Wie du schon selber gesagt hast, du riskierst nicht nur dein eigenes Leben.« Sie legte nun die Hände an Elses Wangen und drehte ihr Gesicht zu sich. »Aber ich kenne dich seit vielen Jahren. Ich weiß, dass du entsetzlich leiden würdest, wenn du ihm nicht hilfst und er dann in die Fänge der Streife geriete. Vor allem dann, wenn es sich im Nachhinein herausstellen sollte, dass es nur um wenige Tage gegangen wäre. Ich würde mir an deiner Stelle die Nachbarn anschauen und abwägen, wer von ihnen dich verraten könnte. Hast du Kolleginnen, die dir schaden wollen? Oder gibt es hier in der direkten Nachbarschaft scharfe Parteimitglieder? Du musst die Größe der Gefahr abschätzen. Wenn du eine reelle Chance siehst, die letzten paar Tage davonzukommen, tu, was du tun musst. Denn die Amerikaner stehen schon seit März in Oberkassel und feuern weiterhin von der Neusser Rheinseite. Ihr beide, du und Franz, habt eine Chance zu überleben und ein Risiko zu sterben. Ihr stellt euch beide gegen die Nazis. Aber du bist auch nicht verpflichtet, ihn bis zur Kapitulation aufzunehmen. Er ist kein Kind, das du beschützen musst.«

Else sah auf, als Franz die Küche betrat. Er zögerte beim nächsten Schritt, doch dann gab er sich einen Ruck, kam zum Tisch und setzte sich auf einen Stuhl.

»Ich werde uns nicht in Gefahr bringen. Das schwöre ich.«

Die beiden Frauen antworteten nicht direkt, sondern sahen zur

Seite. Auf dem Tisch lag Brot, etwas von dem Schinkenspeck, und bei dem Kaffee handelte es sich um den echten Bohnenkaffee.

»Franz, das ist … Margarete«, brach Else das Schweigen.

Sie wollte nicht, dass er Karolas richtigen Namen kannte, sollte er doch noch aufgegriffen werden.

»Du kannst ein paar Tage bleiben. Aber du darfst dich ab sofort nur im Wohnzimmer aufhalten und das auch nur sitzend oder liegend. Das Fenster geht zwar zum Hinterhof und nicht zur Straße, trotzdem darf dich niemand auch nur zufällig durch das Fenster sehen. Speicher oder Keller sind nicht sicher. Da suchen sie immer. Bei Gefahr versteckst du dich augenblicklich in unserer Vorratskammer. Wie das genau geht, zeigt dir Margarete gleich. In dieser Kammer ist die sichtbare Rückwand eine Attrappe. Dahinter kannst du zwar nur stehen, aber es ist besser, lebend zu stehen als tot zu liegen. Du darfst das Haus nicht mehr verlassen, solange ich dich hier verstecke. Kein raus und rein. Schwöre mir das!«

Franz nickte.

»Schwöre!«

»Ich schwöre es dir!«

»Franz! Es geht nicht nur um dich, verstehst du das?«

»Ja!«

»Mein Stiefvater Hannes kommt heute aus Thüringen hierher. Der wird dann auch hier schlafen. Wenn du irgendetwas benötigst, sagst du es mir oder Hannes. Und falls die Heeresstreife hier auftaucht, ohne dich in der Vorratskammer zu entdecken, musst du danach von hier weg und dir was anderes suchen. Haben wir uns verstanden?« Franz nickte. »Zeige mir jetzt deinen Fuß, von dem du mir letzte Nacht erzählt hast.«

Während Else die stark entzündete Stelle säuberte, einen Leinenlappen mit der Kaliumpermanganatlösung tränkte und die Wunde am Bein damit umwickelte, spürte sie einen beklemmenden Druck auf ihrer Brust.

»Komm mit, ich zeige dir jetzt das Versteck in der Kammer«, sagte Karola und nahm ihn an der Hand.

Montag, 9. April 1945
Oberbilker Allee 284
Nachmittag

Die beiden Frauen saßen im Wohnzimmer in den Sesseln. Franz lag auf dem Sofa, um durch das Fenster nicht gesehen zu werden. Er trug ein Hemd und eine Hose von Jakob. Else ließ in Gedanken die vergangenen Tage an sich vorüberziehen. Schon wieder eine Woche vorüber, dachte sie. Vieles war in letzter Zeit auf sie eingestürmt. Der englische Pilot, die Durchsuchungen, der Besuch bei Wolfgang, die Anzeige von Mathilde.

Diese musste Mathilde tatsächlich zurückgenommen haben, sie hatte nichts mehr davon gehört.

»Könntest du mir eines eurer Bücher aus dem Regal geben?«, unterbrach Franz ihre Gedanken.

»Natürlich. In welche Richtung?«

»Irgendwas Geschichtliches, wenn ihr so etwas habt.«

Else ließ ihren Blick über die Buchrücken wandern.

»Hier ist ein Roman über Heinrich IV. Wäre das etwas?«

»Hört sich gut an.«

Else fischte es aus dem Regal und gab es ihm.

»Du kannst auch deine Kriegserfahrungen aufschreiben«, meinte Karola, »Papier und Bleistift lassen sich hier sicher finden.«

»Zu früh …«, murmelte Franz, »… ich nehme das Buch.«

In dem Moment schellte die Türglocke.

»Die Heeresstreife?«, flüsterte Karola, plötzlich kreidebleich.

»Die klingeln nicht«, erwiderte Else. »Trotzdem …«, sie wies Franz mit einem Finger die Richtung zur Vorratskammer. Der ließ sich vom Sofa gleiten, krabbelte zur Kammer und verschwand darin hinter der falschen Wand. Else bedeutete Karola, im Zimmer zu bleiben, während sie aufstand und in die Diele ging. Es schellte ein zweites Mal. Else atmete tief durch, öffnete vorsichtig die Tür und entspannte sich. Vor ihr stand Frau Schön, die in der Wohnung über ihr wohnte.

»Guten Tag, Frau Gores. Sagen Sie, was war denn heute Nacht los bei Ihnen? Ich schlafe schlecht, und jedes kleinste Geräusch weckt mich auf. Es hörte sich an, als klopfte jemand an Ihre Tür. Mitten in der Nacht? Ist Ihr Mann wieder zu Hause?«

»Nein, Frau Schön, mein Mann ist leider noch an der Front. Meine Freundin hatte einen heftigen Streit mit ihrem Mann und wollte bei mir übernachten.«

Sie drehte sich um und rief: »Kar… Margarete, kommst du mal?«

»Nein, lassen Sie nur«, beeilte sich die Nachbarin zu sagen.

Else wandte sich ihr zu, während Karola in der Diele erschien.

»Aber ich kann sie jetzt schon einmal vorwarnen, Frau Schön«, erklärte Else, »ab heute Abend wird tatsächlich ein Mann hier sein. Mein Stiefvater aus Thüringen kommt mich besuchen. Ich sage das nur, damit Sie nicht jeden Morgen nachfragen.«

Frau Schön lächelte verlegen. »Na, dann ist ja gut. Ich wünsche Ihnen noch einen schönen Tag.«

Else schloss die Tür.

Karola fragte: »Wer ist die denn? Frau Blockwart?«

Else zuckte nur die Schultern.

»Hoffentlich gibt es wegen Franz keinen Ärger.«

»Du magst ihn nicht. Das spüre ich. Kannst mir ruhig sagen, was du denkst.«

»Stimmt. Ich glaube, er lügt. Es kann doch auch sein, dass er was angestellt hat als Soldat … geklaut oder so etwas. Dann stünde er nicht nur als Deserteur auf der Fahndungsliste. Dann werden die noch intensiver nach ihm suchen, denke ich. Oh Gott, steckt Franz immer noch in der Vorratskammer?«

Karola lief zur Kammer und riss die Tür auf. Franz stand zwar hinter der falschen Rückwand, hatte diese aber einen Spalt offen gelassen. Er kletterte aus dem Versteck.

»Du musst die Wand zuziehen, sonst ist alles für die Katz.«

»Ich habe keine Männerstimmen gehört.«

Karola schlug sich die flache Hand vor die Stirn, als Franz ungerührt weiterredete: »Das war jetzt eine Generalprobe für den Ernstfall. Es ist ja wirklich eng da drinnen, wenn man den Platz noch mit Akten teilen muss. Eine Stunde in diesem Versteck, und man verliert bestimmt das Bewusstsein.«

»So wie die Streife alles durchsucht, benötigen die keine Stunde für die ganze Wohnung«, sagte Else. »Und ich rate dir dringend, das nächste Mal die Wand zuzuziehen. Männerstimmen hin oder her. Wenn die Streife die vordere Kammertür ganz plötzlich aufreißt, kannst du die Trennwand nicht mehr schnell genug schließen. Und dann hat dein letztes Stündchen geschlagen. Und meines auch. Ist das jetzt klar?«

Franz senkte den Blick. »Ja, entschuldige bitte.«

Karola kramte in ihrer Handtasche nach der Zigarettenschachtel und verteilte an jeden eine Overstolz.

»Bleibst du noch eine Weile, Margarete?«

»Ja, ich habe Zeit. Die Antifa legt diese Woche eine Sicherheitspause ein, bis die Lage sich beruhigt nach dem Kleingartenvorfall.«

»Sehr gut, ich habe nämlich heute Nachtdienst. Vorher wollte ich schnell noch nach Hedwig fahren, schauen wie es ihr geht. Sie ist so ganz alleine. Kann sein, dass sie schon kommende Woche ihr Kind bekommt. Ich radle mal eben hin, bin in spätestens zwei Stunden zurück. Übrigens, falls Hannes in der Zwischenzeit kommt, er hat einen eigenen Schlüssel. Wenn du also etwas in der Stadt besorgen willst, kannst du ruhig gehen. Hannes kommt schon allein zurecht. Vielleicht bringe ich Hedwig auch mit. Oh Mann, dann wird es aber langsam richtig eng hier.«

»Gut, pass auf dich auf«, rief Karola Else hinterher, die schon aus der Tür stürmte. Karola räumte den Küchentisch ab und spülte das Geschirr, während Franz auf dem Sofa liegend in dem Buch über Heinrich IV. schmökerte. Etwas unschlüssig zog sie daraufhin ein zerlesenes Exemplar von *Fabian - Die Geschichte eines Moralisten* von Erich Kästner aus ihrem Rucksack. Sie setzte sich zu ihm ins Wohnzimmer. Ihre Eltern schenkten ihr den Band kurz nach der Veröffentlichung 1931. Sie entsann sich an die Diskussionen um dieses Buch, das wie andere Werke von Kästner ebenfalls 1933 auf dem Scheiterhaufen der Nazis landete. Wegen Pornografie.

Es enthielt jedoch keine pornografischen, sondern lediglich ein paar erotische Darstellungen. Sie erinnerte sich noch gut an Erich Kästners Artikel gegen den Vorwurf der Pornografie in der Weltbühne unter dem Titel *Fabian und die Sittenrichter.* Er stellte seine Intention klar, in seinen Büchern die Proportionen des Lebens zu wahren und darzustellen. Karola vermied es dennoch, das Buch in der Öffentlichkeit zu lesen. Aber sein Inhalt begleitete ihr Leben.

Eine Stunde später, völlig vertieft in ihren jeweiligen Lektüren, hörten sie einen Schlüssel in der Wohnungstür. Karola sprang auf und eilte in die Diele. Vor ihr stand Hannes mit seinem Rucksack in der Hand. Sie lief auf ihn zu und fiel ihm um den Hals. Hannes kannte Karola als beste Freundin seiner Stieftochter, doch diese Intimität irritierte ihn. Karola drückte ihre Wange gegen seine und flüsterte etwas in sein Ohr.

»Ich heiße Margarete. Nicht wundern. Nur mitspielen!«

Hannes packte sie an den Schultern und schaute ihr fragend ins Gesicht. Dabei nahm er im Augenwinkel eine Bewegung wahr und drehte seinen Kopf in diese Richtung.

Auf dem Boden, im Türrahmen zwischen Küche und Wohnzimmer, hockte ein junger Mann und sah zu ihm hoch.

Niemand sagte etwas.

Für eine Weile füllte lautes Schweigen den Raum.

Dann war es Hannes, der sich als Erster fasste.

Er wandte sich wieder an Karola: »Margarete?«

Karola lächelte, ein wenig verkrampft zwar, aber sie lächelte und nickte ihm aufmunternd zu.

»Wer ist dieser junge Mann und wo ist Else?«, fragte er.

»Sie ist unterwegs zu Hedwig. Die erwartet jeden Moment euren dritten Enkel. Und das«, sie zeigte auf den in Deckung hockenden, »ist Franz. Er kommt hier für ein paar Tage unter.«

»Franz wer?«

»Keller! Franz Keller«, beantwortete Franz die Frage selbst.

Zunächst konnte Hannes mit dem Namen nichts anfangen, bis er ihm plötzlich wieder einfiel und er ausstieß: »Der freiende Cousin?«

»Pssst!«, Karola legte den Finger auf die Lippen. »Die Alte über uns hört jedes laute Wort.«

»Das ist lange her«, erklärte Franz. »Wir waren Kinder.«

»Jugendliche!«, korrigierte Hannes.

»Kinder!«, bekräftigte Franz.

»Wie auch immer. Was macht der hier in der Wohnung seiner ehemaligen Geliebten, die jetzt verheiratet und Mutter ist?«

Die Frage richtete er demonstrativ an Karola, Franz ignorierend.

»Er ist desertiert«, antwortete diese. »Der Krieg sollte in wenigen Tagen zu Ende sein. Zumindest hier in Düsseldorf. Die Amis stehen schon in Oberkassel. Else brachte es nicht fertig, ihn so kurz vor Schluss noch seinem Schicksal zu überlassen. Er gehört ja immerhin zur Familie.«

»Über tausend Ecken«, grummelte Hannes. Die Verärgerung in seiner Stimme war nicht zu überhören. Er drehte sich wieder zu dem im Türrahmen hockenden: »Was fällt dir bloß ein? Du bringst alle in Gefahr, nur um deine eigene Haut zu retten. Else hat ein Kind und einen Mann an der Front.« Dabei wurde er immer lauter, und Karola ermahnte ihn erneut, leiser zu sprechen.

»Erzähl doch mal!«, fragte sie ablenkend. Sie schob Hannes sanft aber bestimmt ins Wohnzimmer, wo er sich in einen der Sessel fallen ließ. »Wie war die Reise? Wie geht es dir? Wie geht es Agnes und was macht Josef?«

»Ich war sehr lange unterwegs, musste dreimal umsteigen mit vielen Stunden Wartezeit auf den nächsten Zug. Überall sind die Gleise kaputt. Viele Züge sind zerschossen. Ich bin froh, dass es überhaupt geklappt hat. Aber Agnes und Josef geht es gut. Er hat allerdings Heimweh nach Mama. Wir erzählen ihm, dass bald alles wieder so wird wie früher und er dann zurück nach Düsseldorf kann. Gestern gab es jedoch wieder schwere Kämpfe. Der kleine Ort Struht wurde von der Wehrmacht überfallen. Die Bewohner selbst hatten den Ort schon den Amis übergeben, die auch in Thüringen vorrücken. Die Rückkehr der Wehrmacht forderte viele Tote und nutzte niemandem. Sie können gegen die Amis nicht gewinnen.«

»Ich kenne viele in meiner Gruppe, die trotz Verbot heimlich englische Sender hören«, erzählte Karola. »Und die klingen nach Sieg der Alliierten. Ich vertraue nur noch diesen Nachrichten, nicht mehr unseren. Denn sie geben Hoffnung, verstehst du?«

»Was für eine Gruppe meinst du?«, fragte Hannes.

»Antifa!«

»Oh mein Gott. Wo bin ich denn hier bloß hineingeraten? In der Wohnung meiner Stieftochter sind ein Deserteur und eine Antifa-Kämpferin. Seid ihr denn alle noch bei Trost? Ich sehne mir auch den Sieg der Amerikaner und Engländer herbei, aber wenn es so weit ist, will ich noch leben! Wisst ihr eigentlich, in welche Gefahr ihr euch begebt, Kinder?«

»Ich will jeden Tag noch mit gutem Gewissen in den Spiegel schauen«, verteidigte sich Karola. »Ich will vor meinem eigenen Spiegelbild sagen können, dass ich immer noch ich bin. Niemand kann mir meine Träume von einem besseren Leben nehmen. Dafür kämpfe ich auch in der Antifa. Ich gebe die Hoffnung nicht auf. Aber lass dich anschauen«, lenkte sie auf ein anderes Thema, »du bist schlanker geworden. Müsst ihr auch hungern?«

»Nein, wir leben ja auf dem Hof von Agnes Großeltern. Es geht uns gut, und wir sind versorgt. Macht euch keine Sorgen. Aber lass uns bitte von etwas anderem reden. Keiner guckt in diese kranken Nazihirne. Hat Else gesagt, wann sie zurückkommt?«

»Sie sagte in zwei Stunden, das ist jetzt über eine Stunde her.«

»Ich würde Else ja am liebsten mit nach Thüringen nehmen, bis der Horror vorbei ist. Die Wehrmacht verliert täglich große Teile ihres besetzten Gebietes, und die Amerikaner werden schon bald in Heiligenstadt sein. Aber ich vermute, dass Else nicht will, weil sie hier auf Jakob wartet. Das kann ich natürlich auch verstehen.«

Hannes ignorierte Franz jetzt völlig. Er zog seinen Rucksack an sich und begann damit, dessen Inhalt auf den niedrigen Couchtisch zu leeren. Der war sogleich vollgepackt mit leckeren Sachen.

Bei jedem Teil, das Hannes aus dem Rucksack ans Licht zauberte, wurden Karolas Augen größer.

»Der Kuchen in Herzform ist ein besonderer Gruß von Josef. Else wird Augen machen.« Schnell verstauten sie gekochtes Hühnerfleisch im Einmachglas, Eier, Ziegenmilch, Butter, Salat und selbstgebackenes Brot im Küchenschrank.

»Lebt ihr so weit draußen, dass euch niemand wegen der Lebensmittel kontrolliert? Hier müssen die Bauern nämlich das Beste für die Soldaten abgeben.«

»Ja, das gilt bei uns auch, aber es wird nicht mehr kontrolliert. Die Kämpfe binden die Kräfte. Der Bauernhof liegt sehr abgelegen, von dort kann man nur zu Fuß zum Bahnhof laufen oder mit dem Rad oder Pferdewagen zur nächsten Stadt fahren. Die Menschen, die nicht dem Volkssturm zugeteilt sind, bleiben lieber zu Hause, wenn sie nicht arbeiten müssen. Ich bin Gott sei Dank ohne größere Probleme durchgekommen.«

»Wie hat Agnes denn auf Peters Tod reagiert? Else sagte einmal, er sei ihr Lieblingssohn gewesen.«

»Ja, das stimmt. Peter war ein fröhliches Kind. Agnes und auch Else haben ihn sehr geliebt. Ich übrigens auch. Als Agnes und ich heirateten, war er fünfzehn. Ein mutiger Junge, ein Hans-Dampf in allen Gassen. Agnes hat Rotz und Wasser geheult. Sie wird noch lange trauern. Aber sie freut sich auch auf das nächste Enkelkind.«

Wie aufs Stichwort hörten sie den Schlüssel in der Wohnungstür. Kurz darauf kamen Else und Hedwig ins Zimmer.

Else lief auf Hannes zu und umarmte ihn stürmisch.

»Wie schön, dich wiederzusehen.«

Freudentränen füllten ihre Augen. Freude, ein Gefühl, das sich nach Wochen und Monaten voller Leid, Hunger und den ganzen Anstrengungen unwirklich anfühlte.

»Schön, dass du gesund bist«, flüsterte Hannes in ihr Ohr, »deine Mutter und Josef lassen dich grüßen. Und von Josef gibt es jetzt einen dicken Kuss.« Er schmatzte ihn ihr auf die Wange, löste sich dann aus der Umarmung und nahm Hedwig in die Arme.

»Danke, Hannes«, sagte Else. »Ich habe tausend Fragen, aber die müssen warten. Jetzt müssen wir uns um Hedwig kümmern. Die ersten Wehen haben eingesetzt. Das kann sich noch bis Mitternacht hinziehen.«

»Darf ich meine Hand mal auf deinen Bauch legen?«, fragte Karola. »Ja, darfst du. Vielleicht erlebst du die Geburt ja heute mit. In vier Minuten kommt die nächste Wehe. Und ich kann nicht ins Krankenhaus. Die Entbindungsstation im Bilker Krankenhaus soll überfüllt sein. Die wenigen von Bomben verschonten Krankenhäuser sind teilweise zu Lazaretten umfunktioniert worden. Else wollte unbedingt, dass ich nicht allein zu Hause bleibe. Und dafür bin ich ihr unendlich dankbar.«

»Wir werden das Kind schon schaukeln«, lachte Hannes.

»Ich war noch nie bei einer Geburt dabei. Ich kann kein Blut sehen«, meinte Karola.

»Du hast in der Antifa Schlimmeres gesehen. Ich garantiere dir, wenn das Kind erst da ist, stehst du immer noch auf deinen Beinen. Heute setzt Hedwig ein Zeichen gegen den Tod. Dabei werden wir sie unterstützen«, antwortete Else. »Und da wir ohne Hebamme arbeiten müssen, bist du ganz wichtig. Blut hin oder her. Ich werde dir im Verlauf des Tages noch den Ablauf schildern. Und dann können wir nur hoffen, dass es keine Komplikationen gibt. Vorher müssen wir einen Arzt informieren, damit der danach die Geburt bescheinigt. Alles klar soweit?«

Alle nickten.

Seit Hannes die Wohnung betreten hatte, versuchte Franz nicht aufzufallen. Er sagte kein Wort und vermied es, den anderen in die Augen zu schauen. Zusammengekauert saß er auf einem der Sessel und hielt sein Buch geschlossen in der Hand. Nun legte Hannes seine Hand gegen Elses Rücken und schob sie vor sich her in die Küche. Dort flüsterte er: »Else, warum machst du das? Was denkst du, was Jakob sagen wird, wenn er erfährt, dass dein Ex-Geliebter bei dir schläft?«

Else starrte ihn ungläubig an.

»Zunächst einmal schläft er ja nicht in meinem Bett, sondern auf dem Sofa. Und zweitens, was sollte ich denn deiner Meinung nach tun? Ihn an die Nazis verpfeifen?«

»Schick ihn wenigstens auf den Speicher oder versteck ihn im Keller. Aber doch nicht hier! Wenn er dort gefunden wird, kannst du immer noch sagen, du kennst den fremden Mann nicht.«

»Daran habe ich auch zuerst gedacht. Das Problem ist, dass sie genau da immer suchen. Es ist nicht fifty-fifty. Da suchen sie immer! Und er ist nun einmal kein Fremder. Er ist Familie! Peter und Walter waren meine Brüder. Und die sind jetzt tot. Wie viele sollen denn noch ermordet werden?«

Hannes stöhnte auf.

»Mach dir keine Sorgen. Wir haben hier ein sehr gutes Versteck. Eine falsche Rückwand in der Vorratskammer. Die wurde bei den bisherigen Durchsuchungen … es gab nämlich schon welche … noch nicht entdeckt. Tausendmal sicherer als Speicher oder Keller.«

»Ich kann nur beten«, resignierte Hannes.

»Hannes! Es ist bald vorbei. Nur noch wenige Tage! Sicher!«

»Wie reagierte er denn darauf, dass du nicht mehr ledig bist und ein Kind hast?«

»Er könne verstehen, wenn ich deswegen Nein sagen würde.«

Hannes wurde laut: »Und warum sagtest du nicht Nein?«

Als Else nicht sofort antwortete, nahm er sie in den Arm.

»Entschuldige bitte, ich habe kein Recht, so mit dir zu sprechen. Ich habe nur Angst, dass er dich in seinen Mist mit hineinzieht. Du bist immer so hilfsbereit, das ist ja eine gute Eigenschaft. Er hätte selbst die Entscheidung treffen müssen, sofort zu gehen, als er erfuhr, dass du Verantwortung für mehrere Personen trägst. Und er knallt dir noch eine obendrauf. Er ist leichtfertig. Sicher hat er damit gerechnet, dass du nicht Nein sagen kannst. Wegen damals.«

Aus dem Wohnzimmer hörten sie Hedwig laut aufstöhnen.

»Vielleicht hast du Recht, Hannes. Aber jetzt möchte ich mein Wort nicht mehr brechen.«

Sie lächelte ihn an, zuckte mit den Schultern und ging zurück ins Wohnzimmer. Im Türrahmen drehte sie sich noch einmal um.

»Holst du bitte aus dem Keller den Pferdestrick. Falls es länger dauert, brauchen wir ihn vielleicht.«

Hedwig kicherte, als sie das hörte.

»Ich bin doch keine trächtige Stute.«

Karola lachte: »Solange du nicht wieherst, ist alles gut.«

Else war nicht zum Lachen zumute. Sie hoffte inständig, dass es keine Schwierigkeiten geben würde. Vor zwei Jahren durfte sie der Hebamme helfen, als ihre Schwägerin Anna ihr Kind bekam.

Sie konnte genau dabei zusehen, wie diese vorging.

Ihre eigene Niederkunft erlebte sie natürlich anders. Jetzt sollten ihr die Erfahrungen aus den unterschiedlichen Perspektiven helfen, das Richtige zu tun. Sie verspürte Zuversicht, Hedwigs Baby auf die Welt zu verhelfen.

Montag, 9. April 1945
Oberbilker Allee 284
Abend

Die Wehen traten in immer kürzeren Abständen auf.

»Else, ich halte es nicht mehr aus«, stöhnte Hedwig laut auf.

Else eilte ins Schlafzimmer.

Sie erklärte Karola soeben den normalen Geburtsablauf, während sie Wasser für eine Wärmeflasche erhitzte, die sie dann mit Handtüchern, einem Moltontuch und mit Windeln für das Baby ins zweite Ehebett legte. Daneben lagen heiße Steine.

»Ich kenne diese Schmerzen, ich weiß, was du fühlst. Gleich ist die Wehe vorbei.«

Else holte einen Waschlappen, hielt ihn unter kaltes Wasser und reichte ihn Hedwig. »Reibe dir dein Gesicht damit ab, das wird dir guttun. Schau auf die Uhr und sage mir, wann die nächste kommt. Vertraust du mir? Du weißt, dass ich vor fast fünf Jahren auch ein Kind zur Welt gebracht habe. Wenn die Schere nicht scharf genug sein sollte, beiße ich die Nabelschnur zur Not auch mit den Zähnen durch.« Die beiden Frauen lachten.

Karola kam hinzu und setzte sich auf die Bettkante.

»Soll ich deine Hand halten, Hedwig?«

»Ja, danke. Gleich geht es wieder los.«

Hedwig schrie auf.

Karola stöhnte intuitiv mit. Sie schloss die Augen. Nur dabei zu sitzen und nichts gegen Hedwigs Schmerzen tun zu können. Nicht helfen zu können. Sie fühlte sich überfordert. Jetzt kam schon in der nächsten Minute eine weitere Wehe.

»Oh nein …«

Laut aufstöhnend presste Hedwig die Hände von beiden Seiten an den hoch gewölbten Bauch, so als wolle sie verhindern, dass er platzt. Seit mittlerweile geschlagenen drei Stunden versuchte das Kind in ihrem Leib der Enge zu entkommen, und in all der Zeit flammten die ungeheuren Schmerzen immer wieder auf. Einige Atemzüge später, und der Schmerz verblasste erneut.

Nur für einen Moment.

»Es geht los«, verkündete Else. »Sie kommen minütlich.«

»Ich bin froh, dass du bei mir bist, Karola«, keuchte Hedwig.

»Else hat darauf bestanden. Ich weiß doch nichts über Geburtshilfe. Ich kann kein Blut sehen. Und wenn ich ohnmächtig werde? Dann liegst du schön im Bett und ich daneben auf dem Boden.«

Else fuhr dazwischen: »Karola, du spinnst. Es fließt doch nicht literweise Blut. Jetzt sei kein verrücktes Huhn. Übrigens, es ist zu kühl. Gib noch eine Schippe Kohlen in den Ofen.« Karola stand auf, marschierte in die Küche und tat wie ihr geheißen. Danach kehrte sie sofort zurück und ließ die Tür zur Küche offen stehen.

Das Schlafzimmer war sehr geräumig. Neben den Ehebetten aus Eichenholz bot es genügend Platz, sich überall bequem bewegen zu können. So konnten sie Hedwig von beiden Seiten des Bettes aus helfen. Ein massiver Eichenkleiderschrank füllte fast die ganze gegenüberliegende Wand.

Inzwischen war es draußen stockdunkel, und es kam kein Tageslicht mehr herein. Doch die Deckenlampe verbreitete ausreichend Licht für die unmittelbar bevorstehende Geburt.

»Ist es dir warm genug? Sieht so aus, wenn ich dich ansehe.«

Mit einem Windeltuch tupfte Else Hedwig den Schweiß von der Stirn. »Leg dich mal auf die Seite, dann kann ich deinen Rücken massieren, das wird dir guttun.« Else nahm eine Flasche Zitronenöl, tröpfelte sich etwas daraus in die Handfläche und verteilte es mit sanften Bewegungen auf Hedwigs Rückseite.

Es dauerte nicht lange, und Hedwig stöhnte erneut auf.

»Ich glaube, die nächste Wehe kommt.«

Else unterbrach die Massage.

»Am besten, du legst dich jetzt wieder auf den Rücken. Wenn die Wehe kommt und ich das Köpfchen sehen kann, ab dann musst du pressen. Ich sage dir, wann du nur noch hecheln sollst und nicht mehr pressen darfst.«

»Ja … aber die Schmerzen … oh … aaah«

Sie krallte sich in Karolas Hand und schrie, als die neue Wehe wie ein Messer durch ihren Bauch schnitt und sich entlang der Wirbel bis ins Steißbein fortsetzte.

»Karola, ich brauche dich jetzt«, rief Else. »Wir dürfen keine Zeit verlieren. Ein Doktor wird nicht kommen. Hol mir eine Schüssel warmes Wasser und ein Handtuch. Wir werden jetzt den Pferdestrick einsetzen, er liegt auf dem Küchentisch. Bring ihn her und lege ihn unten übers Bett. Dann knotest du die beiden Enden an die unteren Bettpfosten. Feste Knoten.« Karola lief los. »Oh … macht schnell, die nächste kommt schon«, jammerte Hedwig.

»Rutsch noch etwas nach unten und richte dich halb auf. Ja, so ist es gut. Jetzt nimm das Seil in beide Hände, wie ein Pferdekutscher. So kannst du dich daran hochziehen und bei der Wehe festhalten. Wenn du merkst, dass sie kommt, stützt du dich mit den Füßen am Fußende des Bettes ab und stemmst dich so fest dagegen, wie du kannst. Und dann pressen.«

Hedwig griff das Seil mit beiden Händen. Karola stützte ihren Rücken. Die nächste Wehe kam, und Hedwig presste mit aller Kraft.

»Ja, du machst das gut. Du kannst dich wieder hinlegen. Nimm bitte die Beine auseinander, ich muss nachschauen, wie weit das Köpfchen zu sehen ist.«

Hedwig ließ den Strick los und sank matt ins Kissen zurück.

»Hedwig, ab jetzt nur noch hecheln, dann kommt es raus.«

Es dauerte nur einen Augenblick, dann ging es wieder los.

»Ja, weiter! Du machst das gut … gut so … jetzt kommt das Köpfchen … nur noch hecheln.« Mit ihren Händen unterstützte Else den Kopf des Kindes beim Austreten aus dem Geburtskanal.

»Wunderbar! Leg dich ein wenig zurück und gönne dir etwas Entspannung. Es läuft alles normal. Gleich werden die nächsten Wehen die Schultern herausbringen.«

»Oh Gott, wäre es nur endlich vorbei.«

Hedwig fiel nach hinten gegen das Kissen und keuchte. Doch schon drängte das neue Leben nach mehr Freiheit. Die junge Frau schrie wieder auf. Fünf Wehen später kam von Else der ersehnte Ausruf: »Du hast es geschafft! Es ist da!«

Else hob das Neugeborene an, klopfte mehrmals sachte auf den kleinen Rücken, bis das Kind mit einem zornigen Schrei die kalte Welt begrüßte. »Das hast du super gemacht, Hedwig.«

»Was ist es denn? Ein Peter?«

»Nein, schau mal, ein hübsches Mädchen.«

Lächelnd legte sie das Kind auf Hedwigs Bauch.

Sie ließ den beiden einige Minuten.

Dann nahm sie das Baby vorsichtig, nabelte es ab und säuberte es von Blut und Schleim. Nach dem Wiegen wickelte sie es stramm in ein festes Baumwolltuch.

»Schau mal, welch ein süßes Mädchen.«

Lächelnd legte sie das Kind zurück in Hedwigs Arm.

»Sieben Pfund, das muss man erst mal schaffen. Und Haare wie ein kleiner Bär. Ich gratuliere dir.«

Hedwig antwortete nicht, nickte nur. Sie schaute erschöpft auf ihre Tochter, und legte sie an ihre Brust. Das Kind begann sofort zu saugen. »Na, die verhungert mal nicht«, meldete sich eine sehr blasse Karola.

Die letzten Minuten der Geburt hatte sie mit weit aufgerissenen Augen am Fußende des Bettes stehend ohne ein Wort verfolgt.

»Seht nur, wie die reinhaut. Wie wird sie denn heißen, Hedwig?«

»Ein Junge hätte Karl Peter geheißen.«

»Und das Mädchen?«

»Liane … wie findest du den Namen?«

»Schön … aber Liane ist selten hier. Wie kamt ihr auf Liane?«

»Nicht wir, es ist mein Wunsch. Meine Tante Liane war für mich ein Vorbild für Freiheit und Rückgrat. Eine außergewöhnliche Frau. Nur fünf Jahre älter als ich. Sie trat nach der Schule der Ordensgemeinschaft der Dienstmägde Christi bei, die im St. Martinus-Krankenhaus Kranke pflegen. Dann verliebte sie sich dort in einen schwerkranken Mann, den sie längere Zeit auf ihrer Station pflegte. Sie verließ das Kloster einfach Hals über Kopf, um ihn zu heiraten. Das fand ich sehr mutig. Peter fand das auch, obwohl der sonst sehr konservativ denkt … dachte …«

Else blickte zu Karola und wechselte schnell das Thema.

»Übermorgen ist die Taufe, Hedwig. Der Pfarrer weiß Bescheid. Der macht die Taufe in der Krankenhauskapelle.«

Ein plötzliches Aufstöhnen lenkte ihre Aufmerksamkeit auf die kommende Nachgeburt. Else nahm Hedwig das schlafende Kind aus dem Arm, lagerte es in das Bett daneben in ein Nest aus Kissen und Wärmeflasche und deckte ein weiches Schaffell über den kleinen Körper. Mit zwei weiteren Wehen löste sich die Nachgeburt. Else wog die Plazenta, schrieb das Gewicht auf und gab sie in ein altes Handtuch in eine Schüssel. Dann wusch sie Hedwig, legte ihr Handtücher zwischen die Beine und schüttelte die Kissen auf.

»Achte bitte selbst ein wenig auf einen möglichen Blutverlust. Wenn der zu stark wird, müssen wir ins Krankenhaus.«

Hedwig ergriff ihre Hand. »Danke, Else, danke! Morgen bin ich bestimmt wieder auf den Beinen.«

»Nun versuche erst einmal, etwas zu schlafen. Deine Tochter wird sicher bald wieder wach.« Else ging ins Wohnzimmer.

Dort lag Franz auf dem Sofa mit seinem Buch, und Karola saß im Sessel mit einem Glas Bier. »Wo ist Hannes denn abgeblieben?«

»Weiß nicht … geflüchtet?«

Erst zwei Stunden später kehrte Hannes zurück. Schwankend.

»Na, ihr Hübschen? Wo ist denn der kleine Peter?«

»Nix Peter … Lilly«, lachten ihn Else und Karola an.

Dienstag, 10. April 1945
Benderstraße 80
9 Uhr morgens

Feldwebel Adolf Stützer hielt noch einmal inne und zog tief an seiner Zigarette, bevor er die Tür aufstieß und den Besprechungsraum in der Benderstraße 80 betrat. Ihm folgte der ausgestoßene Zigarettenrauch in blaugrauen Schwaden. Am Tisch saßen bereits die fünf Soldaten seiner Gruppe, die ebenfalls rauchten.

»Kaiser kommt jeden Moment«, sagte er, humpelte zu einem der freien Stühle und ließ sich darauf fallen. Seine Zigarette drückte er in einen überquellenden Aschenbecher und schob mit dem Unterarm ein paar leere Schnaps- und Bierflaschen zur Seite, die vom Vortag auf der Tischplatte lagen. Schon betrat Hauptmann Kaiser den Raum. Nach ihm war die Heeresstreife benannt, der Stützer und die anderen angehörten.

Die Soldaten sprangen auf und grüßten mit erhobenem rechten Arm: »Heil Hitler, Herr Hauptmann!«

Kaiser sah sich um.

Ohne den Gruß zu erwidern schnauzte er die Anwesenden an: »Das stinkt ja wie im Pumakäfig hier. Nach abgestandenem Rauch, Schweiß, Schnaps und Klobrühe.«

Er heftete seinen Blick auf Martin Bever.

»Bever, die Klotür steht schon wieder auf. Bewegen Sie Ihren Arsch und schließen die Tür! Wie machen Sie das, bei solch einem Gestank überhaupt noch einen vernünftigen Gedanken hinzubekommen? Langsam wird mir klar, weshalb wir den Krieg ...«

Kaiser vollendete den Satz nicht.

Stattdessen knallte er eine Akte auf den Tisch.

»Bevor wir zum heutigen Tagesbefehl kommen, ist hier noch ein allgemeiner. Der Letzte, der diesen Raum abends verlässt, sorgt für

Ordnung und Belüftung! Haben Sie verstanden? Ich bin Hauptmann der Wehrmacht und kein Kindergärtner.«

Kaiser setzte sich auf den verbliebenen freien Stuhl, musterte die Männer der Reihe nach, schüttelte den Kopf und atmete tief durch.

»Habt ihr endlich den dritten Drückeberger erwischt, der euch in der Oberbilker Allee durch die Lappen ging?«

»Wir arbeiten daran, Herr Hauptmann«, antwortete Stützer. »Der wird uns nicht entgehen. Wir durchsuchten nicht nur das Viertel, sondern auch den Bunker am Oberbilker Markt. In den Nebenstraßen haben wir die Wohnungen durchkämmt. In den Trümmerhäusern suchen wir seit zwei Tagen. Auch wenn Sie an der Luft hier etwas auszusetzen haben ...«

»Aber Herr Hauptmann, sehen Sie denn nicht, wie erfolgreich wir sind?«, wurde er von Bever unterbrochen. »Allein vorige Woche brachten wir zwölf Verräter zum Brumshagen. Zehn Soldatenschweine, zwei Helfer, darunter eine Frau. Der hab ich es aber gegeben.« Beifall heischend schaute er in die Runde seiner Kollegen.

»Genau!«, pflichtete einer der anderen bei. »Sie müssen das auch mal lobend erwähnen, Herr Hauptmann. Wir wurden doch extra von Himmler geholt, damit wir alles tun, unserem Führer und dem deutschen Volk den Sieg zu sichern.«

»Verdammt!« Kaiser schlug mit der Faust auf den Tisch.

»Quatscht hier jeder wie er will? Stützer, Sie haben hier kein Ehrenamt. Falls es noch nicht jedem klar ist, Sie haben ihrer Pflicht für Volk und Vaterland nachzukommen. Meinen Sie, wenn Sie zwölf Soldaten töten lassen, sei das eine Heldentat? Sie gehorchen nur einem Befehl, ohne Anspruch auf höheren Sold oder einen Orden. Haben Sie das verstanden? Und jetzt zur Tagesordnung.«

Kaiser schlug die vor ihm liegende Kladde auf.

»Gestern Abend ging noch ein Anruf ein. Er betraf Bernd Fischer. Schütze der Weisshaupt-Kompanie bei Brilon. Seit der Schließung des Ruhrkessels am 4. April flüchtig. Ein Briefträger hat gemeldet, ihn bei seinen Großeltern in der Völklinger Straße gesehen zu haben. Stützer! Nehmen Sie sich zwei Ihrer Männer und bringen Fischer zum Brumshagen. Hier ist die Adresse der Großeltern.«

Er zog ein Blatt Papier aus der Akte und schob es Stützer zu.

»Außerdem hat beim Brumshagen ein weiterer Deserteur seinen Kameraden verpfiffen. Manfred Körner. Flüchtig seit letzter Woche. Er soll sich nach Angaben seines Kumpels in einem Trümmerhaus in der Kronprinzenstraße häuslich eingerichtet haben. Bever! Sie nehmen die beiden anderen und holen ihn da raus. Noch Fragen?«

Die Männer schüttelten den Kopf und erhoben sich.

Adolf Stützer wählte Hans Bartels und Friedhelm Krawinkel und verließ mit ihnen das Gebäude. Der Kübelwagen stand vor dem Haus. Sie stiegen ein und fuhren los.

»Ich bin heute Abend zu einem runden Geburtstag eingeladen, wir müssen uns beeilen«, sagte Stützer. »Ich will noch irgendwo Sekt auftreiben.«

»Na ja, es ist erst zehn Uhr morgens. Das wirst du doch wohl schaffen«, sagte Bartels.

»Normalerweise ja, aber wenn wir jetzt noch jemanden bei der Gestapo abgeben sollen, müssen wir ein Protokoll schreiben und den ganzen Schriftkram übernehmen. Das kann sich ziehen. Und wenn die mit ihrem Verhör fertig sind, müssen wir ihn hinterher wieder abholen und nach Bilk zum Brumshagen bringen. Dann kann es schon knapp werden.«

Sie erreichten die Völklinger Straße und tasteten sich im Schritttempo bis zur angegebenen Hausnummer vor. Es handelte sich um ein zweistöckiges Wohnhaus, aus dem eine Frau mittleren Alters mit ihrem Hund an der Leine auf den Gehweg trat.

Krawinkel sprang dazu und hielt die Tür offen. Die Männer der Heeresstreife stiegen das Treppenhaus bis in die zweite Etage hoch und vergewisserten sich am Klingelschild, dass sie an der richtigen Tür standen. Bartels hämmerte mit der Faust mehrmals dagegen.

Keine Reaktion. Alles blieb still.

»Aufmachen! Wehrmacht!«, rief er.

Nichts.

Stützer gab Krawinkel ein Zeichen. Der trat sogleich mit seinem wuchtigen Stiefel unter das Schloss.

Holz krachte, und die Tür sprang nach innen auf.

»Soldat Fischer, hier ist die Heeresstreife. Kommen Sie raus!«

Totenstille. Nichts regte sich.

Sie drangen in die Wohnung und rissen zwei Zimmertüren auf. Im Wohnraum auf dem Sofa saßen eine alte Frau im Morgenmantel und ein alter Mann in Unterhemd und Schlafanzughose, die sich umklammerten. Die Eheleute waren kreidebleich und zitterten.

Stützer baute sich vor ihnen auf.

»Aufstehen! Aber flott!«, schrie er sie an.

Die beiden lösten zögernd ihre Umklammerung. Der Alte stand auf und krächzte mit belegter Stimme: »Meine Frau kann nicht lange stehen. Was möchten Sie?«

Stützer kniff die Augen zusammen und musterte die Frau.

»Sie haben Glück, Gnädigste. Noch ist meine Laune einigermaßen gut, sorgen Sie dafür, dass sie so bleibt. Bleiben Sie sitzen.«

Er sah zu ihrem Mann.

Dabei fiel sein Blick auf drei leere Cognacgläser, aus denen kurz zuvor getrunken worden war, wie er an dem bernsteinfarbenen Film in den Gläsern unschwer erkennen konnte.

Die angebrochene Flasche stand daneben.

»Gibt es was zu feiern, Opa? Mit wem?«

Der alte Mann schaute verunsichert auf den Tisch und die drei Gläser. Stützer lächelte, als er bemerkte, dass die Knie des Alten wackelten. Aber er bekam keine Antwort.

»Machen wir es kurz, ich habe es eilig. Ich suche Bernd Fischer, Ihren Enkel. Wir wissen, dass er hier bei Ihnen ist. Also, wo ist er?«

Der Mann nestelte verlegen mit den Fingern an seiner Schlafanzughose und sah hilfesuchend zu seiner Frau. Er brachte immer noch keinen Ton heraus.

Stützer drehte sich zu seinen Männern: »Durchsuchen!«

Die polterten los und drangen in die angrenzenden Zimmer ein. Im Wohnraum konnten Stützer und das alte Ehepaar hören, wie Schubladen heraus- und Schranktüren aufgerissen, Holzdielen abgeklopft und Möbelstücke verrückt wurden.

Nach einer Weile kehrten die beiden zurück und schüttelten die Köpfe. Stützer senkte den Blick zu Boden und seufzte sein Bedauern aus. Er griff an sein Holster und zog die Luger. »Hermann!«, schrie die Alte auf. Ihr Mann fiel rücklings aufs Sofa und schlug mit dem Hinterkopf an die Wand.

Er stöhnte und versuchte sich aufzurappeln. Die Blumentapete zierte ein frischer Blutfleck aus der Platzwunde.

»Ach was …«, sagte Stützer und schob die Pistole ins Holster.

»Das lohnt nicht mehr. Ihr beide habt es ohnehin bald hinter euch. Dann tretet ihr eurem Schöpfer entgegen. Und dann könnt ihr dem verklickern, warum ihr sein Herrenvolk verraten habt.«

Er drehte sich wieder zu seinen Männern: »Abmarsch!« Die drei Soldaten verließen die Wohnung und gingen die Treppenstufen abwärts, als Stützer nach dem ersten Absatz seine Kollegen an der Schulter festhielt und Aufmerksamkeit fordernd den Zeigefinger emporstreckte. Er zog Friedhelm Krawinkel zu sich und flüsterte ihm etwas ins Ohr. Der trampelte betont lautstark die weiteren Treppen hinunter und ließ, unten angekommen, die Haustür extra laut ins Schloss fallen. Stützer suchte den Blick von Hans Bartels und legte den Zeigefinger auf die Lippen.

Sie warteten.

Minuten vergingen.

In der Wohnung regte sich nichts.

Sie warteten.

Nach einer kleinen Ewigkeit quietschte ein Scharnier.

Kurz darauf knarrte weiter oben eine Treppenstufe.

Dann eine zweite.

Es wurde wieder still. Sie hörten leises Atmen.

Auf dem Treppenabsatz über ihren Köpfen tauchte ein einzelner Fuß in einer Socke auf. Ihm folgte der zweite Fuß, ebenfalls nur in einer Socke. Den Füßen folgten Hosenbeine, und noch bevor der Träger die eingetretene Wohnungstür registrieren konnte, stürmte Hans Bartels hoch und überwältigte ihn bereits auf der Treppe.

Ein Schrei.

Ein Zahn klackerte die Stufen hinab.

Blut tropfte Stützer vor die eigenen Füße.

Und wenige Sekunden später schob Bartels den jungen Mann an

ihm vorbei, die Hände auf dem Rücken gefesselt, das Kinn blutüberströmt, jammernd und lispelnd: »Lasst mich doch wenigstens von meinen Großeltern verabschieden. Bitte!«

Stützer packte sein Kinn, drehte seinen Kopf zu sich und spuckte ihm ins Gesicht.

»Von deinen Kameraden im Schützengraben hast du dich doch auch nicht verabschiedet. Bist einfach still und heimlich davon. Das kannst du hier genauso gut. Wo ist der Unterschied?«

Kurz bevor sie die Parterre erreichten, gab Bartels ihm einen Stoß in den Rücken, und Bernd Fischer fiel kopfüber die letzten Stufen hinunter auf den Fliesenboden.

Nun spritzte das Blut auch aus seiner Nase.

»Hoppala …«, sagte Bartels.

»Gleich sind die Schmerzen vorbei«, ergänzte Stützer.

Dienstag, 10. April 1945
Eller Forst
Zwei Stunden später

Die neunjährige Marie und ihr Zwillingsbruder Rudi trugen ihre Weidenkörbe stolz vor sich her. Heute durften sie das so dringend benötigte Brennholz im Eller Forst sammeln und damit eine Aufgabe für die Familie übernehmen, die sonst ihre Mutter oder ihre Tante erledigten.

»Rudi, guck mal hier«, rief Marie. »Hinter dem Gestrüpp liegt bestimmt jede Menge.« Sie zeigte auf eine Gruppe von Sträuchern, die auf den ersten Blick undurchdringbar erschien. Ihr Bruder kam zu ihr gelaufen und wedelte abwehrend mit dem Zeigefinger.

»Nein, das dürfen wir nicht, hat Mama gesagt.«

»Aber stell dir doch mal vor, was die für Augen macht, wenn wir mit zwei vollen Körben zurückkommen«, konterte das Mädchen.

»Wir dürfen aber nicht zu tief in den Wald. Nur hier am Weg entlang, hat sie gesagt«, mahnte der Junge noch einmal. Doch seine Schwester hatte sich bereits durch die Sträucher gedrückt und stand auf der anderen Seite auf einer kleinen Freifläche zwischen Bäumen und Büschen. Sie sagte nichts mehr, verharrte auf der Stelle und wusste nicht recht, was zu tun sei. Gebannt blickte sie auf einen Mann, der bäuchlings auf dem Boden lag. Er rührte sich nicht. Auch trug er keine Schuhe, sondern nur Socken an den Füßen.

Hinter ihr kämpfte sich Rudi durch den Bewuchs und blieb dann ebenfalls regungslos vor Schreck und Unschlüssigkeit neben seiner Schwester stehen.

»Meinst du, der ist tot?«, flüsterte er.

»Weiß nicht. Sollen wir nachgucken?«

»Weiß nicht. Vielleicht gehen wir besser wieder.«

»Aber wir müssen doch nachgucken.«

Marie näherte sich in kleinen Schritten vorsichtig dem leblosen Körper. Sie ging vor ihm in die Hocke und presste sachte eine Hand gegen die bleiche Wange. Sofort zog sie sie zurück und drehte sich mit einem angewiderten Blick zu ihrem Bruder um.

»Iiiih … eiskalt«, spuckte sie aus.

Dienstag, 10. April 1945
Benderstraße 80
Zur gleichen Zeit

Adolf Stützer klopfte an die Tür.

»Herein!«, ertönte die Stimme von Hauptmann Kaiser. Stützer, Bartels und Krawinkel betraten das Büro ihres Streifenführers.

»Seid ihr fündig geworden?«, fragte August Kaiser, ohne von seinen Papieren aufzusehen.

»Ja, das Schwein meinte, uns austricksen zu können. Der Fischer hatte sich tatsächlich bei den Großeltern verkrochen. Die haben sich ganz schön bepisst vor Angst, als wir sie zur Rede stellten. Aber wir waren gnädig mit den alten Knackern, stimmt´s?«

Die beiden anderen nickten.

»Und was ist mit Fischer? Habt ihr den danach zum Brumshagen gebracht?«

»War nicht nötig. Der gab sich selbst als Verräter zu erkennen. Schleicht auf Socken durchs Treppenhaus, als er glaubte, die Luft sei rein. Das sagte ja alles. Als wir uns im Wagen ein wenig mit ihm beschäftigten, gab er zu, was ja ohnehin schon offensichtlich war. Das führte dann zu einer Verkürzung des ganzen Behördenkrams«, teilte Stützer nicht ohne Stolz mit.

Kaiser stand auf.

»Was soll das denn heißen? Habt ihr …?«

»Ja, wir haben ihn erledigt. Auf der Flucht erschossen. Im Eller Forst.« Der Hauptmann umrundete seinen Tisch, kam auf Stützer zu, ergriff dessen Schultern und schob ihn an die Wand, so dass der Feldwebel auf seinem Holzbein fast den Halt verloren hätte.

»Was habe ich gesagt?«, schrie er. »Bringt ihn zum Brumshagen, habe ich gesagt! Hier macht wohl jeder, was er will. Stützer, als Feldwebel, als Unteroffizier haben Sie mit gutem Beispiel voranzugehen! Sie können sich nicht einfach willkürlich benehmen wie ein dahergelaufener Strauchdieb. Sie sind Unteroffizier, verdammt nochmal. Die Menschen melden andauernd tote Soldaten, die im Forst oder im Volksgarten einfach so herumliegen. Meinen Sie, das kommt gut an? Sie sind kein Richter. Sie stehen noch nicht einmal mit Brumshagen auf einer Stufe, und doch sind Sie Unteroffizier. Und was noch wichtiger ist, Sie sind mir unterstellt, mir zu Gehorsam verpflichtet. Bringt ihn zur Gestapo, habe ich gesagt! Das war ein Befehl, Stützer! Soll ich Sie wegen Befehlsverweigerung drankriegen? Was glauben Sie, was mir passiert, wenn so ein Mist auf mich zurückfällt?«

Je mehr Kaiser sich in Rage brüllte, desto breiter lächelte Stützer.

»Grinsen Sie mich nicht an, Sie verdammtes Stück Scheiße von einem Krüppel! Sie haben es mir zu verdanken, trotz Holzbein noch eine Aufgabe zu haben. Vergessen Sie das nicht! Und jetzt ab mit euch. Holt die Leiche aus dem Eller Forst und bringt sie zum Brumshagen. Sofort!«

Er ließ Stützer los, und der richtete seinen Kragen.

»Er wollte fliehen, Hauptmann. Da mussten wir schießen.«

Kaiser kam mit seinem Gesicht ganz dicht an das von Stützer, so dass der Kaisers Spucke auf den Wangen spürte, als dieser zischte: »Lassen Sie mich raten, Stützer, wo Fischer das Einschussloch hat. Im Nacken? Ja, Sie sind auf eine solche Entfernung ein verdammt guter Schütze, Stützer. Und jetzt raus hier!«

Stützer wischte sich über die Wange, grinste und ging.

Mittwoch, 11. April 1945
Benderstraße 80
9 Uhr morgens

Hauptmann Kaiser betrat wie jeden Morgen um kurz nach neun Uhr den Besprechungsraum.

»Heil Hitler, Herr Hauptmann«, schallte es ihm aus den sechs Mündern der Heeresstreife entgegen. Sein erster Blick fiel auf die geschlossene Toilettentür, und er schenkte Bever ein verschmitztes Lächeln. Seinen zweiten Blick ließ er über den Tisch und durch den Raum wandern. Er durfte feststellen, dass seine Ansage vom Vortag ihre Wirkung nicht verfehlt hatte.

Nirgends konnte er ausgetrunkene Flaschen entdecken, und sogar die Aschenbecher präsentierten sich vergleichsweise sauber.

Er setzte sich an den Tisch zu seinen Männern. »Guten Morgen!«

Kaiser öffnete die leere Kladde in seiner Hand.

»Wie Sie sehen, sehen Sie nichts. Ich habe heute keinen Hinweis für Sie. Mein Vorschlag, Sie kümmern sich im eigenen Ermessen noch einmal um die Gegend rund um die Oberbilker Allee. Der dritte Mann kann sich ja nicht in Luft aufgelöst haben.«

»Herr Hauptmann«, meldete sich Bever, »ich habe da vielleicht etwas. Mein Onkel ist Oberarzt im St. Martinus Krankenhaus im Rang eines SS-Offiziers. Seine Verlobte ist die Nachtschwester dort. Sie hat ihm erzählt, einen Soldaten in Oberbilk gesehen zu haben, von dem sie rein äußerlich angenommen habe, es sei ein gewisser Franz Keller gewesen. Ein Freund aus Jugendzeiten. Die Ähnlichkeit, sagt sie, sei verblüffend gewesen. Und sie fragte meinen Onkel, ob es denn sein könne, dass Soldaten jetzt noch Heimaturlaub bekämen. Natürlich nicht, antwortete er, schon seit Monaten nicht mehr. Als er mir das dann erzählte, habe ich meine junge Tante in spe nach Einzelheiten ausgefragt. Welche Freunde dieser Keller vor dem Krieg gehabt habe und so weiter. Und jetzt halten Sie sich fest. Dieser Franz Keller gilt seit Wochen als fahnenflüchtig, und er ist ein Cousin der Else Gores, bei der wir vor ein paar Tagen waren. Die wohnt auf der Oberbilker Allee.«

Bei dem Namen hob Adolf Stützer den Kopf. Seit er kurz vor Kaiser im Besprechungsraum erschienen war, saß er schläfrig auf seinen Ellenbogen gestützt am Tisch. Das Geburtstagsgelage bei seinem alten Kameraden hatte Spuren hinterlassen. »Gores?«, rief er jetzt aus. »War das nicht die blonde Söderbaum?«

»Genau!«, bekräftigte Bever.

»Das ist ja interessant …«

Stützer erhob sich und humpelte unruhig im Zimmer auf und ab. Seine übernächtigte Müdigkeit schien verflogen.

»… von einem Göring geschenkt bekommen. Ha!«

»Wie bitte?«, unterbrach August Kaiser Stützers Ausflug in die Erinnerungen.

»Ach nichts. Es ging um eine Wehrmachtsbüchse Fleisch. Aber mich verarscht man nur zweimal. Ein erstes und ein letztes Mal.«

»Dann machen Sie die Verarsche wieder wett, Stützer!«

»Worauf Sie einen lassen können, Herr Hauptmann! Bei allem Respekt.«

***

Else betrat die Küche, lehnte sich müde an den Spülstein und ließ Wasser in die Waschschüssel laufen. Sie schaute auf ihre Armbanduhr. Noch blieben ihr zwei Stunden bis zum Spätdienst. Vorgestern Nacht musste sie Mathilde als Nachtschwester vertreten und konnte dann tagsüber ein paar Stunden schlafen. Daher war sie in der letzten Nacht erst sehr spät in einen kurzen unruhigen Schlaf gefallen. Wegen des im Dienstjargon genannten kurzen Wechsels hatten sie ihr für heute den Frühdienst erlassen, aber gegen Mittag sollte sie wenigstens einen vier- bis sechsstündigen Dienst antreten. Und vorher wollte sie noch ein kleines Frühstück zu sich nehmen, das musste sein. Selbst wenn es karg ausfiel.

Während sie sich wusch und ihr schulterlanges blondes Haar kämmte, wanderten ihre Gedanken zu ihrem Sohn.

Seit sechs Monaten lebte er zusammen mit ihrer Mutter bei seiner Urgroßmutter Alma in Thüringen. Die Sehnsucht nach ihm wurde unerträglich. Aber dort waren sie alle deutlich sicherer als hier in Düsseldorf. Das musste sie sich immer und immer wieder sagen, um sich über den Wunsch, ihn in die Arme zu schließen, hinwegzutrösten. Die heftigen und zahlreichen Artillerie- und Bombenangriffe auf Düsseldorf ließen ihr keine andere Wahl.

Und Josef mochte seine Oma Agnes.

Zu seinem fünften Geburtstag im Januar schrieb sie ihm einen Brief und steckte ihn in ein Päckchen zusammen mit einem Malbuch und einer Tafel Schokolade. Josefs Antwort, die sie bereits eine Woche später erhielt, rührte sie. Lächelnd dachte sie an seinen Kinderbrief. Er lag wohlbehütet in der obersten Schublade ihrer Nachtkommode. Mit Sicherheit hatte Josef ihn seiner Oma in die Feder diktiert. Darin stand: »*Mutti, wann darf ich endlich wieder nach Hause kommen? Ich will doch bei dir sein. Ich habe dich schrecklich lieb. Die Schokolade war lecker. Ich male ein Bild für dich. Wie ich mit meinem Fahrrad fahre. Dann bist du bestimmt stolz auf mich. Dein Josef.*«

Darunter setzte ihre Mutter noch einige Zeilen.

»*Liebes, mach dir keine Sorgen um den Jungen. Er hat manchmal Heimweh, aber er spielt mit anderen Kindern und tollt mit unseren Hunden und Katzen. Außerdem lernt er Fahrradfahren und flitzt damit im Dorf herum. Genug zu essen bekommen wir auch. Sei vorsichtig, meine Liebe. Mama*«

Wirklich trösten konnte sie das nicht. Sie seufzte, als es ihr erneut bewusst wurde, wie sehr die Welt aus den Fugen geraten war. Ihr Kind machte wichtige Entwicklungen ohne sie.

Ihr Mann lag irgendwo an der Front und kämpfte jeden Tag um sein nacktes Leben, ungewiss ob er seine Frau oder seinen Sohn je würde wiedersehen dürfen. Es fühlte sich wie eine Ewigkeit an.

Bereits kurz nach Josefs Geburt 1940 wurde Jakob eingezogen und ins Feld geschickt. Sie sahen sich seitdem insgesamt nur dreimal. In den beiden Fronturlauben 1941 und 1944. Das dritte Mal, als er 1942 verwundet wurde und sie ihn im Reservelazarett besuchen durfte. Hannes betrat die Küche. Else umarmte ihn.

»Guten Morgen.«

»Guten Morgen, Liebes.«

Seit zwei Tagen leistete er ihr hier Gesellschaft, nahm ihr die Besorgungen ab, begleitete sie jeden Tag auf dem Weg zur Arbeit und holte sie nach Dienstschluss wieder ab. Für Else war das nicht nur eine spürbare Erleichterung des ohnehin schwierigen Alltags, sondern sie fühlte sich auch deutlich besser. In der Not lernte man, die Familie noch mehr zu schätzen.

Hannes setzte Wasser auf für den Getreidekaffee. Else stellte drei Teller und Tassen, ein wenig Brot und Marmelade auf den Tisch.

»Wie hast du geschlafen?«, fragte sie. »Ging das einigermaßen mit den Sesselpolstern auf dem Boden?«

»Ja, mach dir keine Gedanken. Wenn ich einmal eingeschlafen bin, schlafe ich tief und fest. Dann ist es mir egal, wie ich liege.«

»Das freut mich. Hast du sie wieder zurückgelegt?«

»Natürlich!«

»Wo ist Franz?«

»Im Kabuff. Wann gedenkt er denn zu verschwinden?«

Die Wohnung verfügte zwischen Wohn- und Schlafraum über einen kleinen, engen Verschlag mit einem Klo darin. Nicht einmal ein Waschbecken fand zusätzlich Platz.

»Ach, Hannes, fang nicht schon wieder an. Es kann nur noch wenige Tage dauern. Du wirst sehen, plötzlich stehen die Alliierten in Oberbilk.«

Else trat ans Fenster und überblickte die verwüstete Allee.

Hannes gesellte sich dazu und tat es ihr gleich.

»Sieh mal, Hannes, wie schön die Morgensonne scheint. Sie wirft ihre Strahlen sanft auf die herumliegenden Trümmer, so als wolle sie uns daran erinnern, dass es trotz allem eine Zukunft gibt.«

Ihr Blick verfolgte einige Kinder, die in den Ruinen nach etwas von Wert suchten. Sie öffnete das Fenster, wissend, dass sie es nicht allzu lange offenhalten konnte.

Der Gestank von Verwesung vermischte sich mit dem von Kot

und Urin und kroch an den Fassaden hoch in die Wohnungen.

Durchsetzt mit dem eklig nach Teer stinkenden Brandgeruch verkohlter und verschmorter Bausubstanz.

Sie schloss das Fenster wieder und schrie auf.

»Was ist?«, rief Hannes und suchte mit seinen Augen die Umgebung ab. Else deutete kurz auf den sich nähernden Kübelwagen. Er hielt direkt vor ihrem Haus.

»Die Heeresstreife! Hol Franz!«

Hannes lief zum Kabuff und hämmerte gegen die Tür.

»Komm sofort raus! Die Heeresstreife!«

»Verdammt, ich sitze auf dem Pott!«, kam die gepresste Antwort.

»Sofort, Franz! Sonst sitzt du gleich mit heruntergelassener Hose auf der Rückbank eines Kübelwagens.«

Es klingelte.

»Sie klingeln überall«, rief Else aus der Diele. »Irgendwer wird ihnen schon aufdrücken. Beeilt euch!

Der Schlüssel drehte sich im Schloss, und Franz eilte humpelnd heraus, seine Hose mit nur einer Hand knapp oberhalb der Knie haltend. Er folgte Hannes in halb hüpfenden Trippelschritten bis zur Vorratskammer. Else wendete verschämt den Blick ab. Sie hörte die festen Wehrmachtsstiefel die Treppen hinaufstürmen.

»Nur noch Sekunden«, flüsterte sie so laut es ging.

Franz verschwand in der Kammer und quetschte sich durch den Spalt hinter die falsche Rückwand.

Doch er konnte sie nicht zuschieben. Irgendetwas klemmte.

Schon hämmerte jemand mit dem Gewehrkolben gegen die Tür.

»Aufmachen! Wehrmacht!«

»Hannes, hilf mir«, flehte Franz.

Hannes trat mit einem Fuß in die Kammer, beugte sich vor und zog mit aller Kraft an der Attrappe, die aufgeschoben eine gute Handlänge in der Seitenwand verschwand, so dass man sich durch den so entstandenen Spalt hinter sie zwängen konnte.

Doch sie wollte sich nicht bewegen.

»Aufmachen! Sofort! Oder wir treten die Tür ein!«

Der Soldat hämmerte immer kräftiger gegen die Wohnungstür.

Hannes sah sich in der Kammer um und bemerkte ein heruntergefallenes Kehrblech, das der provisorischen Schiebewand den Weg versperrte. Das Hämmern hörte auf. Stattdessen hörten sie laut und deutlich eine Männerstimme zählen.

»Eins …«

Hannes bückte sich und zog das Kehrblech weg.

»Zwei … Drei!«

Else umfasste den Griff und öffnete die Tür.

»Ja, mein Gott, was gibt es denn so Dringendes?«

Zwei Soldaten drängten sich an ihr vorbei in die Wohnung, und vor ihr im Treppenhaus stand der Mann mit der Fliegerjacke und der Beinprothese, der sich auf seinen Stock stützte.

»Frau Söderbaum, es freut mich, Sie wiederzusehen.«

»Ich heiße Gores, Herr Stützer.«

»Nicht frech werden! Sie sind doch eine kultivierte und attraktive Frau, keine Göre, auch wenn Sie fast so heißen.« Sein Blick ging an ihr vorbei und heftete sich auf Hannes, der immer noch mit einem Bein vornübergebeugt in der Vorratskammer stand.

Stützer legte seine Hand auf Elses Hüfte und schob sie zur Seite. Er humpelte auf Hannes zu. »Wen haben wir denn da?«

Hannes drückte sich aus dem Verschlag, das Kehrblech in der Hand, und richtete sich auf. »Hannes Kersting, Herr Feldwebel. Der Stiefvater von Frau Gores. Ich bin zu Besuch.«

Stützer drückte auch ihn zur Seite und schaute in die Kammer.

»Und wen oder was wollten sie hier verstecken?«

»Gar nichts. Ich suche was.«

»Was suchen Sie denn?«

»Den Handfeger.«

Stützer streckte seine Hand aus und ergriff von einem der seitlichen Ablagebretter den dort liegenden Handfeger und reichte ihn an Hannes. »Sind Sie blind? Er lag direkt vor Ihrer Nase.«

»Vielen Dank, Herr Feldwebel. Das Kehrblech lag aber auf dem Boden, und ich suchte den Besen ebenfalls dort in der Annahme, beides sei zusammen heruntergefallen.«

Stützer antwortete nicht, schloss die Tür der Vorratskammer und ging zum Schlafzimmer. Er schaute lange hinein, ließ seinen Blick schweifen. Dasselbe machte er im Wohnzimmer. Dann kehrte er in die Küche zurück.

»Wo ist Franz Keller, Frau Gores?«

»Wer?«

Er kam dicht an sie heran, legte seine Hand unter ihr Kinn und hob ihren Kopf an, bis sie ihm in die Augen sehen musste.

»Wollen Sie mich noch einmal verarschen, Söderbäumchen? Sie wissen ganz genau, von wem ich rede. Von Ihrem Cousin. Halten Sie mich nicht zum Narren, Sie werden wohl Ihre eigene Familie kennen.«

»Ich habe ihn seit Jahren nicht gesehen. Er ist an der Front«, presste sie zwischen den zusammengedrückten Wangen heraus. Er stierte ihr mit einem hasserfüllten, stechenden Blick in die Augen.

»Folgen Sie meinem Blick, Frau E-L-S-E Gores!«

Dann drehte er seinen Kopf Richtung Esstisch und drückte ihren ebenfalls in diese Richtung. Else schaute auf das dritte Gedeck, das dort für das Frühstück bereitstand. Stützer ließ ihr Kinn los, legte die Hand auf ihre Schulter und stieß sie auf einen der Stühle. Er setzte sich auf den daneben und rückte an sie heran.

»Wer wollte denn von diesem Tellerchen essen? Wer wollte denn aus diesem Tässchen trinken?«

Else schlug das Herz bis zum Hals. Sie schaute hilfesuchend zu Hannes. Stützer griff in ihre blonden Haare und zog daran ihren Kopf wieder in seine Richtung.

»Hallo Schneewittchen? Wer wollte denn von diesem Tellerchen essen? Wer wollte denn aus diesem Tässchen trinken?«

»Hedwig«, piepste sie.

»Hedwig?«

»Meine Schwägerin.«

»Ihre Schwägerin …«

Stützer schaute sich demonstrativ in alle Richtungen um.

»Hedwig!«, rief er. »Leisten Sie uns doch bitte Gesellschaft. Frühstück ist fertig.«

»Sie ist nicht hier«, erklärte Else.

»Ach …?«

»Sie holt den Kinderwagen.«

»Wie?«

»Meine Schwägerin Hedwig hat vorgestern in meiner Wohnung ihr erstes Kind zur Welt gebracht. Ein Mädchen. Liane. Schicken Sie einen Ihrer Männer zu Doktor Weber. Er war gestern hier und hat die Registrierung und die Bescheinigung vorgenommen. Er wird es Ihnen bestätigen.« Else hatte ihre Fassung wiedergefunden.

»Und jetzt holt sie den Kinderwagen?«

»Ja, das Kind kam plötzlich und ohne Vorwarnung. Hedwig hat nichts von alledem hier, was sie in ihrer Wohnung für die Zeit nach der Geburt vorbereitet hatte. Sie ist ganz alleine. Ihr Mann, mein Bruder Peter, ist vor einigen Tagen an der Front gefallen. Jetzt holt sie den ganzen Krempel und den Kinderwagen und wird bis zum Endsieg bei mir wohnen. Sie wohnt in der Harffstraße. Das sind nur ein paar hundert Meter von hier. Nach ihrer Rückkehr wollten wir zusammen frühstücken.«

»Bis zum Endsieg, aha …« Stützer rieb sich den Nasenrücken.

»Ja, bis zum Endsieg. Das kann doch nicht mehr so lange dauern, wenn bald die Wunderwaffen vom Führer zum Einsatz kommen, oder?« »Natürlich. Sicher.« Er drehte sich zu seinen Männern.

»Bever, Speicher! Bartels, Keller!«

Die beiden Soldaten marschierten los.

Stützer blieb sitzen.

»Möchten Sie wieder ein Glas Wasser, solange Sie warten? Oder auch eine Tasse Getreidekaffee?«

Stützer schüttelte den Kopf.

Nach einer Weile kamen Bever und Bartels zurück.

»Nichts!«, meldeten sie unisono.

Adolf Stützer sah Else ins Gesicht und schürzte die Lippen.

»Fühlen Sie sich nicht zu sicher, Frau Gores. Ich habe, und ich behalte Sie auf dem Kieker. Keller wird uns nicht entwischen. Ganz sicher wird er versuchen, Sie zu kontaktieren. Wenn Ihnen dann Ihr eigenes Leben, das Ihres Mannes, das Ihrer Schwägerin und das der kleinen Liane lieb ist, melden Sie das. Haben wir uns verstanden?«

Else schluckte und nickte.

»Und wir«, fuhr er fort, »fahren jetzt tatsächlich zu Dr. Weber. Wenn der nichts weiß von einer kleinen Liane, kommen wir zurück. Und dann gnade Ihnen Gott. Es könnte passieren, dass Ihnen dann ein kleines Apfelstückchen aus Messing in der Kehle steckenbleibt.«

Else stand auf. »Doktor Weber wird Ihnen alles bestätigen.«

Adolf Stützer ließ seinen Blick über Elses Rundungen gleiten und wandte sich dann an seine Männer: »Abrücken!«

Else folgte den Soldaten zur Tür und schloss diese hinter ihnen. Sie legte ihr Ohr von innen gegen das Türblatt und konnte hören, dass schwere Armeestiefel die Treppen hinunterliefen und am Ende die Haustür krachend ins Schloss fiel. Sie rutschte an der Tür hinab und setzte sich auf den Fußboden. Hannes trat zu ihr, griff sie unter den Schultern und zog sie wieder auf die Beine. Er nahm sie in den Arm und flüsterte ihr ins Ohr: »Du bist die tapferste und mutigste Frau, die ich kenne.« Er spürte, dass sie am ganzen Körper zitterte, und hielt sie fest in seinen Armen.

»Befreie Franz«, flüsterte sie, schleppte sich zurück zum Esstisch und fiel erschöpft in ihren Stuhl. Hannes ging zur Kammer und drehte sich davor noch einmal zu seiner Stieftochter um: »Er muss jetzt verschwinden. Da sind wir uns einig, oder?«

Else begann zu weinen, nickte aber.

Hannes öffnete die Tür der Vorratskammer und schob die Rückwand zur Seite. Franz stand mit nacktem Unterleib da und zog sich erst jetzt die Hose hoch. »Ich habe mich nicht getraut, mich auch nur ein bisschen zu bewegen«, erklärte er.

»Gut so«, meinte Hannes. Franz zwängte sich durch den Spalt und trat aus der Kammer. In diesem Moment flog die Wohnungstür mit einem lauten Krachen aus den Angeln, und die beiden Soldaten stürmten auf den Flüchtigen zu. Einer griff Franz an den Armen und drehte sie ihm auf den Rücken. Der andere ließ die Handschellen einrasten. Sofort breitete sich der Gestank von frischem Kot aus, und Franz verlor jegliche Farbe aus dem Gesicht. In der Tür stand Adolf Stützer und reinigte sich mit einem Zahnstocher die Nägel seiner linken Hand. »Sieh mal einer an«, sagte er.

Mittwoch, 11. April 1945
Oberbilker Allee 284

An Händen und Füßen gefesselt schleppten sie Franz die Treppen hinunter. »Ich habe doch gesagt, wir erwischen ihn«, triumphierte Adolf Stützer, der voraus humpelte. Er hielt seinen Männern die Haustür auf, während Bever und Bartels den Gefangenen unter den Schultern packten und zum Wagen schleiften. Sie drückten ihn auf die Rückbank. Bartels nahm daneben Platz, Bever setzte sich ans Steuer und Stützer auf den Beifahrersitz. So fuhren sie los, während Else und Hannes im Fenster lagen und ihnen hinterher sahen.

Stützer drehte sich zur Rückbank um: »Du bist der letzte der drei Musketiere. Die beiden anderen haben wir auch.«

»Ich weiß«, stöhnte Franz. Bartels schlug ihm sofort mit der Faust ins Gesicht. »Du redest nur, wenn du gefragt wirst!«

»Wie lange versteckst du dich schon bei der Else Gores?«, wollte Stützer wissen. Franz ließ den Kopf hängen und erhielt augenblicklich den nächsten Faustschlag von Bartels.

»Jetzt wurdest du gefragt!«, schnauzte der.

»Seit gestern Abend.«

Stützer sah Bartels an und schnalzte mit der Zunge.

»Ach Gottchen, ich fürchte, das Schwein hat die Lage noch nicht ganz begriffen.«

»Wo bringt ihr mich hin?«

Erneut flog ihm Bartels Faust ans Kinn.

»Ich habe doch gesagt, du redest nur, wenn du gefragt wirst. Außerdem stellen nur wir die Fragen.«

Blut rann Franz übers Kinn, und er konnte es mit den auf dem Rücken gefesselten Händen nicht abwischen. So tropfte es auf seine Oberschenkel und auf die Sitzfläche der Rückbank.

»Jetzt saut er auch noch alles voll hier«, kommentierte Bartels.

»Außerdem stinkt es hier nach Scheiße«, ergänzte Bever.

»Wir sind ja gleich da«, sagte Stützer und drehte sich wieder in Fahrtrichtung. Sie erreichten die Benderstraße und parkten den Kübelwagen vor dem Haus mit der Nummer 80. Sie stiegen aus und zerrten Franz aus dem Fahrzeug.

Kurz darauf betraten sie die von Hauptmann Kaiser vor einiger Zeit konfiszierte Wohnung im Erdgeschoss und warfen ihn auf den Boden im Vernehmungszimmer.

Die Männer folgten und schlossen die Tür hinter sich.

»Jetzt wollen wir uns mal gepflegt unterhalten«, sagte Stützer.

***

Else saß am Küchentisch, lag mit dem Oberkörper halb darauf, vergrub ihr Gesicht in den Armen und weinte. Hannes lief auf und ab und fluchte leise vor sich hin. Ab und zu stellte er sich hinter sie und legte ihr eine Hand auf den Rücken.

»Meinst du, die bringen ihn um?«, schluchzte sie in ihren Ärmel.

Hannes schwieg eine Weile, bevor er antwortete.

»Eigentlich dürfen die niemanden umbringen, dazu sind diese Heeresstreifen nicht befugt. Ihre Pflicht ist es, aufgegriffene Deserteure zu einem zuständigen Standrichter zu führen, der dann den Fall entscheidet.«

»Und dann?« Else richtete sich auf, schöpfte neue Hoffnung.

Hannes seufzte, schließlich fasste er sich ein Herz: »Normal läuft es auf dasselbe hinaus. Deserteure landen für gewöhnlich nach dem Standgericht vor einem Erschießungskommando.«

Else schluchzte wieder auf.

»Die sind doch alle noch so jung, auch der Mann, der vor Franz hier war. Der wollte doch nur seiner Mutter auf dem Hof helfen. Sie haben ihr ganzes Leben noch vor sich. Der Krieg ist doch ohnehin bald verloren. Die glauben doch nicht ernsthaft, dass sie daran noch etwas ändern können.«

Ihre Stimme erstickte, und sie schlug mit der Faust auf den Tisch.

Hannes streichelte über ihren Rücken. »Es geht wohl um etwas anderes«, versuchte er sich an einer Erklärung. »Bliebe Fahnenflucht ungesühnt, würden sich in einer aussichtslosen Situation wie dieser alle Frontlinien sofort im Chaos auflösen. Völlig ungeordnet. Alles lief drunter und drüber, die Gegner würden die Linien überrennen, und das würde an allen Fronten Abertausenden das Leben kosten, die ihre Stellungen ansonsten gehalten hätten, bis die Führung ein geordnetes Ende, zumindest eine Feuerpause aushandeln kann.«

Else sprang auf.

»Die verhandeln doch jetzt keine Feuerpause mehr. Die Nazis sind verbohrte Sturköpfe. Es geht doch nur noch um eine heroische Götterdämmerung, und man lässt dazu eine Wagnerplatte spielen. Es ist vorbei, Hannes!«

»Sicher, aber es geht darum, dass eine undisziplinierte …«

»Ach, halt die Klappe!«

Else schob ihn beiseite und stolperte ins Schlafzimmer, um sich dort aus der Waschschüssel kaltes Wasser ins Gesicht zu spritzen.

***

Hauptmann August Kaiser betrat das Haus in der Benderstraße und steuerte auf die Tür zur Vernehmungswohnung zu. Er schloss auf, durchquerte die Diele und ging in das ehemalige Wohnzimmer, welches als Aufenthalts- und Besprechungsraum diente.

Stützer und seine Männer saßen an dem ausrangierten Küchentisch im Zentrum des Raumes und tranken Bier aus Flaschen.

»Habt ihr diesen Keller gefunden?«

»Jawohl, Herr Hauptmann!«

Kaiser ging auf Stützer zu und baute sich vor ihm auf.

»Und? Wollte er im Eller Forst fliehen?«

Adolf Stützer stand auf, erhob den rechten Arm und rief: »Nein, Herr Hauptmann!«

»Ihr habt ihn diesmal zum Brumshagen gebracht wie befohlen?«

»Noch nicht, Hauptmann«, übernahm Bever. »Wir haben ihn erst vernehmen müssen. Wo er sich die ganze Zeit versteckt hat, welche anderen Deserteure er kennt und wo er sie getroffen hat, wer ihm dabei geholfen hat, die eigene Einheit unbemerkt zu verlassen, wie lange er bei der Gores gewesen ist und so weiter.«

»Also?«

»Also was?«

»Also, wo ist er jetzt?«

»Im Vernehmungsraum nebenan.«

»Ich möchte ihn sehen. Kann er sprechen?«

»Sie werden sich etwas Mühe geben müssen, ihn zu verstehen. Mit dem S und dem F hat er so seine Schwierigkeiten.«

Kaiser öffnete seine Aktentasche und wühlte darin herum, bis er fand, wonach er suchte. Die inzwischen eingegangene Vernehmung des Oberarztes und der Nachtschwester. Er zog sie aus der Tasche und überflog sie. »Was ist mit dieser Else Gores, geborene Böhnke? Hat die ihm nun Unterschlupf gewährt oder nicht?«

»Jawohl, Herr Hauptmann! Sie unterhielt ein schmales Versteck in ihrer Vorratskammer hinter einer falschen Rückwand.«

Kaiser zog die Augenbrauen hoch und pfiff durch die Zähne.

»So ein Früchtchen ist die also. Gut, dann möchte ich zuerst sie sehen. Wo ist sie?«

Bever warf einen unsicheren Seitenblick auf Stützer, der ganz in sich ruhend lächelte. »Zu Hause, Herr Hauptmann.«

Kaiser glaubte, sich verhört zu haben. »Zu Hause?«

»Jawohl, Herr Hauptmann«, bestätigte Bever.

»Um die kümmer ich mich gesondert«, sagte Stützer und grinste.

Kaiser packte ihn am Kragen.

»Feldwebel! Unterstehen Sie sich, der Frau etwas anzutun. Erst recht nichts Unschönes. Sie verstehen mich schon. Nehmen Sie sie fest, und bringen Sie sie hierher! Nichts weiter. Verstanden?«

»Jawohl, Herr Hauptmann!«

***

Else trat aus dem Schlafzimmer und lief Hannes in die Arme, der unruhig auf sie wartete. Er packte sie an den Schultern.

»Else! Bei aller Trauer um Franz, aber wir beide müssen hier weg. Es hat mich schon sehr gewundert, dass sie dich nicht sofort mitgenommen haben.«

Else schüttelte den Kopf. »Ich warte auf Jakob.«

Sie mogelte sich an ihm vorbei und ging in die Küche.

Hannes drehte sich auf dem Absatz um und folgte ihr. »Else, du kannst nicht mehr auf Jakob warten. Sie werden wiederkommen. Ganz sicher! Du hast einen Fahnenflüchtigen in deiner Wohnung versteckt. Glaubst du, das lassen die einfach so fallen?«

»Ich verstecke mich dann in der Kammer.«

»Die Kammer ist tot, Else! Verstehst du das nicht?«

Else öffnete die Türen des Vitrinenschranks, als suche sie etwas. Sie räumte Tassen aus und stellte sie wieder zurück an ihren Platz. Sie zog die Besteckschublade auf, holte zwei Gabeln und ein Messer heraus und legte alles wieder zurück.

Hannes umfasste sie von hinten.

»Else! Bitte! Komm zu dir! Uns bleibt bestimmt nicht mehr viel Zeit. Lass uns wenigstens erst einmal zu Karola gehen. Vielleicht kann sie helfen, wenn sie in der Antifa ist. Wo wohnt sie?«

»Fleher Straße 125«, hauchte sie abwesend.

Hannes eilte ins Schlafzimmer und holte ihren Mantel aus dem Schrank. Mit ihm kehrte er in die Küche zurück. Else stand immer noch vor der Besteckschublade in Gedanken versunken. Er legte ihr den Mantel um die Schultern und sagte: »Komm. Komm bitte.«

Else fegte sich den Mantel vom Körper und schnellte herum.

»Hannes, hör zu, das geht so nicht. Wenn Jakob zurückkommt, ist er völlig ahnungslos, was hier passiert ist. Er stiefelt absolut unbedacht über die Oberbilker Allee und springt voller Vorfreude zwei Stufen auf einmal die Treppen hinauf. Und sie warten doch nur auf ihn hier in der Wohnung, wenn ich seit Tagen nicht mehr aufzufinden bin. Dann nehmen sie statt meiner ihn in Sippenhaft. Das kann ich doch nicht machen!«

Sie schob Hannes beiseite und trat ans Küchenfenster, um hinaus zu schauen. »Else«, versuchte es Hannes erneut und bückte sich nach dem heruntergefallenen Mantel, »Jakob kommt erst zurück, wenn der Krieg vorbei ist. Dann gibt es auch keine Heeresstreife …«

Weiter kam er nicht. Else schrie auf.

Vor dem Haus parkte der VW Kübelwagen, und Feldwebel Adolf Stützer lehnte mit verschränkten Armen an der Beifahrertür und schaute zu ihr hinauf. Sie fuhr herum, und vor ihr stand Oberfeldwebel Bever, der durch die aus den Angeln gebrochene Wohnungstür in die Küche getreten war.

»Frau Gores?«

Mittwoch, 11. April 1945
Benderstraße 80

Der Wagen hielt seitlich am Gehweg vor der Benderstraße 80.

Bever stieg aus und half Else aus dem Fond. »Kommen Sie, Frau Gores. Wir benötigen Sie nur als Zeugin im Fall Keller. Ich bringe Sie nach der Vernehmung wieder nach Hause.«

Adolf Stützer humpelte schon einmal voraus, und Bever führte Else kurz danach in die Vernehmungswohnung im Erdgeschoss.

Dort wartete Stützer bereits mit einem Lächeln im Gesicht.

»So also sehen wir uns wieder, Söderbäumchen.«

»Oberfeldwebel Bever sagte mir, ich sei als Zeugin hier. Also behandeln Sie mich gefälligst mit Respekt, Herr Feldwebel. Ich bin Deutsche, arisch obendrein, die Frau eines tapferen und treuen Soldaten an der Front, Mutter eines wunderbaren blonden und blauäugigen Sohnes, ganz nach dem Geschmack des Führers, und ich heiße Gores, nicht Söderbäumchen, Herr Feldwebel!«

Bever verschloss die Tür von innen, und Adolf Stützer trat so nah an Else heran, dass ihr sein Atem ins Gesicht blies: »Sie haben in Ihrer Aufzählung etwas vergessen, Söderbäumchen. Sie sind außerdem eine Volksverräterin, die mit ihrer Hilfe für Deserteure den Endsieg des Führers sabotiert.«

Er griff ihr mit der rechten Hand in den Nacken, drückte zu und schob sie zu einem freien Stuhl an dem einzigen Tisch im Raum. Er zwang sie auf die Sitzfläche und nahm auf der gegenüberliegenden Seite Platz. Ein weiterer Streifenangehöriger stand am Fenster und beobachtete das Geschehen von dort aus.

»So, dann wollen wir mal, Frau Gores. Mein Hauptmann ist der Überzeugung, dass Sie dem Franz Keller Unterschlupf gewährten, obwohl er fahnenflüchtig ist. Sie wussten, dass er getürmt ist, nicht wahr? Was können Sie zu Ihrer Verteidigung sagen?«

Else sah sich um. Der Raum war äußerst spärlich eingerichtet. Sie zählte lediglich den Tisch, die vier Stühle, eine Pritsche mit einer dreckigen Matratze an der Wand und einen rostigen Blecheimer in der Ecke. Sie versuchte sich zu konzentrieren.

»Zu meiner Verteidigung?«, fragte sie und wandte sich an den im Raum stehenden Bever. »Wieso Verteidigung?« Sie zeigte mit dem Finger auf ihn und erklärte: »Sie haben mir doch eben noch gesagt, ich sei als Zeugin hier.« Sie drehte sich wieder zu Stützer. »Und jetzt sitze ich plötzlich auf der Anklagebank? Warum haben Sie mich dann zusammen mit Keller nicht sofort festgenommen? Ich stehe Ihnen gerne für Ihre Fragen zur Verfügung, aber dann möchte ich erst einmal einen Anwalt sprechen.«

Die drei Männer lachten laut auf.

»Hörst du das, Manfred?«, prustete Stützer und wischte sich die Tränen aus den Augen.

»Sie möchte einen Anwalt sprechen und redet selbst wie einer. Sie steht …«, ein neuerlicher Lachanfall unterbrach seinen Satz, bis er sich wieder fing, »sie steht zur Verfügung! Hat man so etwas schon gehört? Köstlich.«

Dann wurde er schlagartig ernst.

»Frau Gores, Sie haben meine Frage nicht beantwortet. Wussten Sie, dass Keller fahnenflüchtig ist?«

Der Gefreite am Fenster meinte: »Befragen wir sie doch einfach, wie wir das immer machen. Wenn wir nicht sicher sind, ob sie lügt oder nicht, entscheidet eine Münze.«

»Guter Vorschlag!« Stützer fixierte Else ein paar Sekunden.

»Wir kennen uns ja schon, Frau Gores. Als ich bei Ihnen war und nach dem dritten Flüchtigen suchte, haben Sie auch schon gelogen, nicht wahr? Ich frage Sie jetzt ganz offiziell als Zeugin. War Ihnen bekannt, dass Franz Keller seine Kameraden im Stich ließ und sich bei Ihnen vor dem Kämpfen drücken wollte?«

»Nein, wusste ich nicht. Er trug keine Uniform, sagte lediglich, er suche eine Unterkunft für ein paar Tage, dann könne er ein Zimmer bei Freunden bekommen.«

»Wer sind diese Freunde?«

»Das weiß ich nicht, er nannte einen Namen, aber ich vergaß ihn. Ich glaube, jemand aus Flingern, wenn ich mich recht erinnere. Und er zeigte mir ein Attest, dass er wegen einer schweren Lungenentzündung im Lazarett gelegen habe und nicht mehr an die Front zurück müsse.«

»Und wo schlief er in Ihrer Wohnung? In Ihrem Bettchen?«

»Nein! Auf dem Sofa im Wohnzimmer.«

»Aha!« Stützer sprach leise. »Blöderweise fand sich in seinen Taschen kein Attest. Stattdessen lag uns eine Meldung seiner Einheit vor, dass er fahnenflüchtig war.«

»Davon weiß ich nichts.«

Stützer sprang auf und schrie: »Ach nein? Und wieso verstecken Sie ihn hinter einer Wandattrappe Ihrer Vorratskammer, wenn doch alles mit ihm seine beste Ordnung hat? Ich habe die Schnauze voll von diesen Weibern, die solche Feiglinge erst bemuttern und dann mit ihnen herumhuren. Das sind Verbrecher, Söderbäumchen! Sie haben sich schuldig gemacht an Führer und Vaterland!«

Er setzte sich wieder hin und senkte die Stimme. »Wenn Sie jetzt einfach zu Protokoll geben, was ich hören will, dann kann ich noch etwas für Sie tun, obwohl Sie es nicht verdienen. Dann sorge ich dafür, dass Sie nur ins Gefängnis gehen.«

Else wich seinem Blick aus und schaute zu Boden.

»Manfred, dreh ihr doch mal den Arm zurück, bis sie quietscht. Wollen mal sehen, wie lange sie ihre Sturheit noch durchhält.«

Der Gefreite stieß sich von der Fensterbank ab und kam auf sie zu. Bevor Else reagieren konnte, schmerzte ihr Unterarm schon in seinem eisernen Griff. Er drehte ihn mit einem kurzen Ruck auf ihren Rücken. Wie ein heißes Messer fuhr der Schmerz in ihre Schulter, und sie schrie auf. Else sackte auf ihrem Stuhl zusammen und stützte den tauben Arm mit dem gesunden ab.

In diesem Augenblick hämmerte jemand an die verschlossene Tür. Bever drehte sich um und schloss sie auf. Durch den Tränenschleier erkannte Else einen älteren Mann in Wehrmachtsuniform, der in das Zimmer schritt.

»Heil Hitler, Herr Hauptmann«, begrüßten ihn die drei anderen.

Else schluchzte in Richtung dieses Mannes: »Bitte … lassen Sie mich doch gehen. Den Franz … sah ich vor Jahren zum … letzten Mal. Ich wusste nicht … mein Sohn … fünf Jahre alt. Er wird doch seine Eltern …«, ihr blieb die Luft zum Sprechen weg.

Der Hauptmann sah sie bloß einmal kurz an und wandte sich dann an Stützer: »Verdammt, was macht ihr denn mit ihr? Ihr sollt sie nur befragen. Was daran verstehen Sie nicht, Feldwebel?«

»Sie ist ein wenig stur.«

»Es reicht doch, wenn wir davon überzeugt sind, dass sie von der Fahnenflucht Kellers wusste. Dann bringt sie in die Polizeidienststelle 14 und schreibt einen Bericht dazu. Sollen die sie befragen, und danach bringt ihr sie zum Brumshagen. Ist das klar?«

»Jawohl, Herr Hauptmann!«

Kaiser verließ das Zimmer und knallte die Tür zu.

Der Name Brumshagen jagte Else einen heftigen Schrecken ein, der ihren Magen zusammenzog. Der Name stand für Tod durch Erschießen. Sie vergrub ihr Gesicht in den Händen und weinte. Sie sehnte sich nach Jakob, nach seinem Trost und seiner Fürsprache.

Mittlerweile war es früher Abend geworden.

Stützer ergriff erneut das Wort: »Bei der Polizei sind alle Zellen belegt. Wir holen Sie morgen früh ab. Bis dahin können Sie etwas schlafen.« Er deutete auf die Pritsche mit der dreckigen Matratze.

Mittwoch, 11. April 1945
Nachmittag

Hannes Kersting stolperte durch die mit Trümmern und Schutt überhäuften Straßen Düsseldorfs.

Kaum ein Haus, das keine Beschädigungen aufwies. Zerborstene Wohnungsfenster, gesplitterte Eingangstüren, löchrige Dächer und bei mindestens jedem zweiten Gebäude ganze Mauerbereiche, die durch Artillerie oder Flugzeugbomben heraus gesprengt worden waren und nun in Form zigtausender Gesteinsbrocken überall verstreut das Fortkommen für Fahrzeuge erschwerten.

Unterbrochen wurden die Häuserzeilen durch klaffende Lücken vollständig zerstörter Gebäude. Brandgeruch lag in der Luft, und aus vielen windstillen Ecken drang der Gestank nach Verwesung.

Aus der Ferne vernahm Hannes das Donnern der alliierten Artillerie, die in regelmäßigen Abständen verkündete, dass sie noch da sei. Er suchte Karola.

Zwei Stunden hatte er zu Hause auf Elses Rückkehr gewartet.

Vergebens.

Seine Unruhe wuchs minütlich.

Nachdem er auf der anderen Straßenseite beim dortigen Kohlenhändler mit der Polizeistation 14 telefonieren konnte, nur um von dem Wachhabenden zu erfahren, dass die Heeresstreife dort keine Else Gores eingeliefert hatte, machte er sich selbst auf den Weg.

Else sagte kurz vor ihrer Festnahme, dass Karola in der Fleher Straße 125 lebe. Die musste er finden. Das wäre in normalen Zeiten kein Problem, er kannte sich in Düsseldorf aus, lebte erst seit einem Jahr mit Agnes bei deren Mutter in Thüringen, doch die massive Veränderung der Straßenzüge im letzten Kriegsjahr erschwerte ihm die Orientierung.

Ein Passant gab ihm den Tipp, dass er vom Bilker Bahnhof aus der Aachener Straße in südlicher Richtung folgen müsse.

Dort irgendwo müsse die Fleher Straße sein.

Dann könne er noch einmal genauer nachfragen.

Das Nachfragen gestaltete sich jedoch schwierig, da im Moment wenig Menschen auf den unübersichtlichen Straßen unterwegs waren. Gelegentlich fuhren Polizeifahrzeuge oder Kübelwagen der Heeresstreife über Schutt holpernd an ihm vorbei. Die Wehrmacht mit ihren Fahrzeugen war längst abgezogen, um die Heeresgruppe B im Ruhrkessel zu unterstützen. Dort saß sie nun fest. Nur selten sah er Fußgänger, die meist mit einem Bollerwagen oder einem Leinensack Holz und brauchbare Gegenstände suchten.

Diese Menschen mieden seinen Blick und winkten schroff ab, wenn er versuchte sie anzusprechen.

Allen stand die Angst vor amerikanischen Tieffliegerangriffen, die erheblich zugenommen hatten, in ihren Gesichtern geschrieben.

Er selbst musste ebenfalls vorsichtig sein. Die mehrmals an ihm vorbeilaufenden Männer vom Volkssturm sahen resigniert aus.

Besonders achtete er aber auf die Truppführer. Hannes erkannte sie nicht nur an ihren Armbinden, auch ihr Habitus verriet sie sofort. Er hörte in seiner Vorstellung schon den bellenden Befehl: »Drückeberger! Mitkommen!« von so einem Wichtigtuer. So schlich er, immer wieder Hauseingänge als Sichtschutz suchend, weiter Richtung Süden. Den Bilker Bahnhof konnte er finden, und auch die Aachener Straße wies sich durch ein in der Mitte abgerissenes Blechschild aus, auf dem nur noch *Aach* zu lesen war.

Er kreuzte bald die Karolinger Straße und überquerte dabei die Düssel. Einen Augenblick ruhte er sich aus und blickte ins Wasser. Dunkel und leicht schaumig transportierte das Flüsschen Schlamm und Abwasser und Krieg mit sich. Hannes schirmte mit einer Hand seine Augen gegen die Sonne ab und fixierte einen ausgebrannten Straßenbahnwaggon am Rande der nächsten Kreuzung.

Da sitzt doch jemand, dachte er.

Er ging wieder los und beschleunigte seine Schritte. Auf dem Trittbrett zum Fahrgastraum hockte ein altes Mütterchen und stierte müde vor sich hin. Sie saß einfach reglos da mit ihrer schwarzen Weste und einer Küchenschürze über dem Rock. Sie tat ihm leid, sie wirkte wie von allen vergessen und fern jeder Hoffnung.

»Entschuldigung«, sprach er sie an, »ich suche die Fleher Straße. Können Sie mir helfen?« Die Frau hob den Kopf, und trübe Augen suchten ihn. Dann winkte sie mit dem rechten Arm weiter in südlicher Richtung die Aachener Straße hinunter. Beim dritten Winken verstärkte sie die Heftigkeit der Bewegung, so als wolle sie andeuten, dass es noch eine ganz schöne Strecke zu laufen sei.

»Vielen Dank.« Hannes holte aus seiner linken Jackentasche ein Päckchen Wurststücke, die er als Wegzehrung zurechtgeschnitten und mitgenommen hatte. Er drückte ihr ein paar in die Hand. Sie befühlte sie, roch daran und stopfte alle auf einmal in den Mund. Bedrückt setzte er seinen Weg fort.

Der Hof in Thüringen, auf dem sie derzeit lebten, war völlig intakt. Die Felder und Wälder der Umgebung zeigten sich in einer unbefleckten natürlichen Schönheit, als sei der tobende Krieg nur etwas, was in Büchern nachzulesen war.

Hier erschien es ihm, als wandere er durch den Vorhof der Hölle.

Je weiter er in den Süden der Stadt kam, desto größer wurde die Zahl unbeschädigter Gebäude. Seit März konzentrierten sich die Angriffe von Oberkassel und von Neuss herüber auf die Stadtmitte und die Stadtteile entlang des Rheinufers, während die Ränder im Großen und Ganzen unbehelligt blieben.

Die Generäle der Wehrmacht glaubten doch nicht ernsthaft, dass sie diesem Sturm an Material und Technik noch etwas entgegensetzen konnten. Lange würde es nicht mehr dauern, nur wenige Tage, glaubte er. Hannes rechnete mit einer alliierten Offensive, die den Durchbruch und für ihn und Else Freiheit und Sicherheit brächte. Diese Sehnsucht nach dem stets hinter vorgehaltener Hand geflüsterten *Nullpunkt* in Düsseldorf blieb bei ihm und sehr vielen anderen durchsetzt von der Angst, was danach käme. Deutschland würde zum zweiten Mal in kürzester Zeit einen von ihm selbst entfesselten weltweiten Krieg verloren haben, und niemand wagte sich auszumalen, was die Sieger mit Land und Menschen vorhatten.

Aber zunächst musste er Else finden und aus den Klauen dieser Verbrecher befreien. Und dazu brauchte er Karola.

Er erreichte schließlich einen Platz, von dem mehrere Straßen abgingen, darunter endlich die Fleher Straße. Er studierte die noch erkennbaren Hausnummern und marschierte ansteigend, bis er vor dem Haus 125 stand. Ein zweistöckiges Gebäude, ein paar Meter vom holprigen Gehweg zurückgesetzt mit einem kleinen Streifen eines Vorgartens. Sogar einen windschiefen Holzzaun gab es noch.

Er öffnete das hüfthohe Tor und näherte sich der Haustür. Neben ihr entdeckte er zwei Klingelschilder, aber er kannte Karola nur als Karola, nicht ihren Nachnamen.

Also drückte er beide Klingelknöpfe und wartete.

Nichts geschah.

Er trat einen Schritt zurück, hob den Kopf und rief: »Karola?«

Hinter dem Fenster der unteren Wohnung bewegte sich die Gardine, und eine Frau mittleren Alters öffnete es und streckte den Kopf heraus. »Wer sind Sie bitte?«, fragte sie.

»Mein Name ist Hannes Kersting. Ich suche Karola.«

»Karolas Mutter wohnt oben, aber sie ist nicht zu Hause. Karola hat das Haus vor etwa zwei Stunden verlassen. Kommen Sie ein anderes Mal wieder.«

»Wissen Sie, wohin sie gegangen ist?«

»Sie muss sich nicht bei mir abmelden. Keine Ahnung. Entweder in die Kleingartenanlage oder zu Freunden. Woher soll ich das bitte wissen?«

»Haben Sie vielen Dank. Könnten Sie mir wohl noch sagen, wo ich diese Anlage finde?«

»Nehmen Sie da drüben die Uedesheimer Straße und dann ein paar Hundert Meter nach Westen. Die Kleingärten sind beim Südfriedhof. Sie laufen direkt darauf zu. Können Sie nicht verfehlen.« Sie lehnte sich weit aus dem Fenster und zeigte die Straße nordwärts hinauf.

»Herzlichen Dank, gute Frau.«

Hannes verließ das Grundstück und schloss das Gartentor hinter sich. Kurze Zeit später bog er in die Uedesheimer Straße und folgte ihr Richtung Westen, lief mit ihr linke und rechte Bögen, bis er das Tor zur Kleingartenanlage fand. Er betrat das Gelände und ging einfach drauflos, unschlüssig, wo er die junge Frau suchen sollte.

Also rief er immer wieder nach ihr.

Doch die Anlage schien verlassen. Nirgendwo war ein Mensch zu sehen, geschweige denn Karola. An den Toren zu den Gärten hingen Vorhängeschlösser, obwohl ein Erwachsener mühelos über die niedrigen Zäune hätte klettern können. Er brauchte fast zwei Stunden, bis er das sichere Gefühl hatte, alle verzweigten Wege der Anlage entdeckt und durchlaufen zu haben. Überall rief er nach Karola, doch er erhielt niemals Antwort. Irgendetwas musste hier passiert sein, Hannes konnte sich die Menschenleere in der Kleingartensiedlung anders nicht erklären. Es wurde bereits dunkel, und ein Weitersuchen ergab hier keinen Sinn mehr. Aber ohne Karola fühlte er sich hilflos und aufgeschmissen.

Nur sie könnte eine Ahnung haben, wo sie Else festhielten.

Also begab er sich auf den Rückweg zur Fleher Straße.

Erneut trat er durch das kleine Grundstückstor, unschlüssig was er tun solle. In dem Moment öffnete sich die Haustür, und ein etwa 16-jähriger Junge, mutmaßlich der Sohn der in Parterre wohnenden Familie, verließ das Haus. Er trug eine tief ins Gesicht gezogene Schiebermütze und einen Rucksack und verschwand wortlos an Hannes vorbei in der Dämmerung.

Geistesgegenwartig hielt Hannes die zufallende Tür mit dem Fuß auf und schlüpfte in den Hausflur. Leise erklomm er die Treppe ins obere Stockwerk und stand bald vor der Wohnungstür, hinter der Karola mit ihrer Mutter lebte. Er klopfte verhalten und lauschte mit dem Ohr an der Tür. Nichts. Keine Regung in der Wohnung.

Er setzte sich auf den Boden, lehnte seinen Rücken gegen die Wand und entschied, hier auf Karola zu warten.

Er fühlte sich erschöpft.

***

Hannes stützte sich auf dem Spaten ab und wischte sich mit dem Unterarm über die Stirn. Sein Blick verlor sich einen Moment in der Weite des Feldes. Er schaute zurück und betrachtete zufrieden den großen Berg Kartoffeln in der Schubkarre, als eine junge Frau mit wehenden Röcken heraneilte und wild mit den Armen fuchtelte. Hannes ließ den Spaten auf den Acker fallen und lief ihr entgegen. Das Mädchen war noch nicht einmal außer Atem, als sie sich trafen.

»Hannes?«

»Wer ist denn hinter dir her?«

»Hannes!«

Er griff ihre Schultern und schüttelte sie.

»Sag schon! Was ist los?«

»Hannes!« Ihre Stimme klang energisch.

Er ließ sie los und sah sich nach seiner Schubkarre um.

»Hannes! Wach auf!«

Die junge Frau gab ihm ein paar Klapse auf die Wangen.

Hannes riss die Augen auf und blinzelte in Karolas Gesicht, das ganz nah über dem seinen schwebte. Er fror.

»Hannes, was machst du hier?«, drängte Karola.

»Sie haben Else«, presste er heraus.

»Was?«, schrie Karola auf, und Hannes erzählte ihr zusammengefasst, was sich zugetragen hatte. Karola schaute auf ihre Uhr.

»Verdammt! Schon halb fünf. Wir haben nicht mehr viel Zeit, müssen uns beeilen.« Sie zog einen Schlüssel aus der Tasche, schloss die Tür auf und sagte: »Warte unten!«

Dann war sie in der Wohnung verschwunden.

Hannes schlich die Treppe abwärts, an zwei Fahrrädern vorbei, die im unteren Hausflur an der Wand lehnten und trat durch die Haustür ins Freie. Nur kurze Zeit später kam Karola zurück, nahm die beiden im Hausflur geparkten Fahrräder und schob eines davon Hannes zu. Sie rollten die Räder auf die Straße, Karola schwang sich auf ihres und fuhr los. Hannes beeilte sich, ihr zu folgen.

»Was hast du vor?«, rief er von hinten.

»Wir müssen zuerst zum Walter!«, rief sie zurück.

»Walter?«

»Walter Brinkmann. Else wird unter Garantie in einer konfiszierten Erdgeschosswohnung in der Benderstraße 80 festgehalten und dort verhört.« Dass diese Wohnung im Volksmund *Folterbude* genannte wurde, verschwieg sie.

»Die Wohnung gehörte vorher dem Walter Brinkmann. Sie haben sie ihm weggenommen. Er könnte noch einen Schlüssel besitzen, wenn wir Glück haben. Und wir müssen es bis sechs Uhr zuerst zum Walter und danach noch zur Benderstraße schaffen, denn um spätestens halb sieben kommen sie, um Else zum Brumshagen zu bringen. Bis dahin könnten wir Glück haben, und sie ist alleine in der Wohnung eingesperrt.«

»Und dann?«

»Wenn der Walter tatsächlich noch einen Schlüssel hat, holen wir sie da raus, bevor die Streife sie abholen kommt. Und es sind nur noch anderthalb Stunden, also tritt in die Pedalen!«

Hannes hatte Mühe, mit ihrem Tempo mitzuhalten.

Ihre Jacke flatterte im Fahrtwind und gab ab und zu eine Pistole frei, die hinten in ihrem Hosenbund steckte.

Donnerstag, 12. April 1945
Düsseldorf, Benderstr. 80
Kurz vor Sonnenaufgang

Else schlug die Augen auf und stöhnte. Sie fasste sich an die rechte Schulter und verzog das Gesicht. Tausend Stiche verhinderten, den Arm auch nur anzuheben.

Die blonden, sonst lockigen Haare klebten strähnig am Kopf.

Schweiß rann ihr über die Schläfen.

Die Luft war stickig.

Das Fenster zur Benderstraße war verschlossen.

Schwere Vorhänge blockierten den Blick nach draußen.

Kein Laut drang herein.

Ihre Zunge pappte trocken am Gaumen.

Mit Mühe richtete sie sich auf und sah sich um. Sie gewöhnte sich nur langsam an das Dämmerlicht. Die verstaubte Glühbirne an der Decke warf bloß wenig Licht. Auf dem Boden lagen blutbeschmierte Kleidungsstücke und ein Kopfkissen. Dazwischen leere Bierflaschen. Blutspritzer auch an der Wand über ihrem Lager. Die Matratze, auf der sie saß, stank nach Urin. Außerdem stieg ihr der säuerliche Geruch von Erbrochenem in die Nase. Essensreste klebten auf dem Tisch an der gegenüberliegenden Seite.

Zwei Holzstühle standen daneben.

Das gerahmte Bild des Führers hing schief.

Sie würgte. Es kam nur Magensäure.

Sie hatte keinerlei Gespür für die Zeit, aber es musste ewig her sein, dass sie zuletzt etwas gegessen hatte.

Hunger empfand sie nicht.

Eine Schmerzwelle ließ sie erneut würgen. Sie drückte sich hoch und stand auf. Ihr Körper gehorchte ihr widerwillig. Sie schleppte sich wacklig zu dem Blecheimer in der Ecke.

Eine Pfütze abgestandenen Urins bedeckte den Grund. Ihr blieb keine Wahl. Stöhnend hockte sie sich darüber und pinkelte hinein.

Sie torkelte zum Fenster, schob die Gardine zur Seite.

Die Scheiben waren vergittert und zugeklebt.

Doch durch ein paar Lücken schimmerte die Morgendämmerung herein. Langsam kam die Erinnerung wieder. Der einbeinige Feldwebel, der schrie und drohte. Seine grinsenden Komplizen.

Warum kam Hannes nicht und holte sie hier raus? Jeder im Viertel wusste doch, was in der Benderstraße 80 passierte. Sie legte sich erneut hin und schloss die Augen. Wie ging es ihrem Sohn?

Plötzlich Stimmen vor der Tür. Über und unter dem Schloss der Zimmertür wurden Metallschienen zurückgezogen.

Das Schloss quietschte, dann standen sie im Raum.

Der Einbeinige und ein weiterer Mann in Uniform.

»Aufstehen! Mantel anziehen!«

»Kann ich nach Hause?«, flehte sie zitternd.

Keine Antwort.

Mühsam richtete sie sich auf, aber sofort wurde ihr schwindelig, und sie fiel zurück. »Helfen Sie mir!«

Der uniformierte Begleiter des Feldwebels ergriff ihre Hand und zog sie mit einem Ruck auf die Beine. Sie schrie auf und fasste sich erneut an die kaputte Schulter. Der Soldat stützte sie, der Feldwebel legte ihr den Mantel über.

»Galant wie im Breidenbacher Hof, was?«, hörte sie ihn lachen.

Dann griffen die beiden Männer unter ihre Oberarme und zogen sie aus dem Zimmer.

Sie schleiften sie die Diele entlang, ins Treppenhaus und raus auf die Straße. Die niedrige Morgensonne stach in ihre Augen.

Sie steuerten auf einen wartenden Wagen zu.

Der Soldat öffnete die Tür zum Fond.

»Rein da!«

***

Karola und Hannes standen schwer keuchend hinter der Hausecke Metzkauser- und Keldenichstraße.

Die Uhr zeigte bereits zwanzig nach sechs.

Sie hatten lange gebraucht, um Walter Brinkmann aufzusuchen, ihn erst einmal aus dem Bett zu hämmern und dann erneut in die Pedalen zu treten, um bis hierhin nach Gerresheim zu hetzen.

Außerdem zwangen sie die vielen Panzersperren und umher streunenden Volkssturmtruppen mehrmals in Umwege.

Und Karola musste Hannes immer wieder antreiben, weil sie schneller fuhr als er. Aber noch gab es eine Chance. Nach den Erkenntnissen ihrer Antifa-Gruppe erschienen die Männer der Heeresstreife nie vor halb sieben zum Dienst.

Und sie hatten einen Trumpf im Ärmel.

Brinkmann besaß tatsächlich weiterhin Schlüssel für Haus- und Wohnungstür. Karola schob den Kopf um den Mauervorsprung und beobachtete die Front des etwa einhundert Meter entfernten Hauses Benderstraße 80. Sie sah keinen Wagen davor stehen, die Fenster lagen dunkel im schwachen Licht der Morgendämmerung. Alles war ruhig. Sie griff sich hinten in den Hosenbund und zog die Pistole hervor. Sie reichte sie Hannes. »Pass auf, sie ist geladen. Du musst sie nur noch entsichern. Kannst du damit umgehen?« Hannes nahm sie mit vor Anstrengung zitternden Händen, vergewisserte sich, dass es sich um ein Modell aus seiner eigenen Wehrzeit handelte, nickte und fragte: »Was hast du vor?«

»Wir holen jetzt Else nach Hause! Ich schließe die Türen auf und gehe rein. Du bleibst dicht hinter mir. Und falls sie in der Wohnung nicht alleine ist, brauche ich einen erfahrenen Schützen. Hast du schon einmal auf jemanden geschossen?«

»Ja, im ersten Krieg.«

»Gut. Du schaffst das«, sagte sie. »Komm!«

Die beiden verließen ihre Deckung und liefen bis zur quer verlaufenden Benderstraße, die sie nach links und rechts ausschauend überquerten. Dann standen sie vor der Tür.

Karola hielt den Schlüsselbund bereits in der Hand, schloss auf, und verschwand mit Hannes hinter sich im Hausflur.

»Die rechte Tür hat Walter gesagt«, flüsterte Karola und legte ihr Ohr gegen das Türblatt. Sie konnte nichts hören.

»Hast du sie entsichert?«, fragte sie leise. Hannes nickte.

Sie führte den Wohnungsschlüssel möglichst geräuschlos ins Schloss und drehte ihn. Es klackte, und sie drückte die Tür nach innen auf. Hannes beugte sich vor in die Diele, die Waffe im Anschlag. Nichts deutete darauf hin, dass sich jemand in der Wohnung aufhielt. Sie traten ein und schlossen die Tür hinter sich. Zu ihrer linken Seite ging es in eine kleine Küche. Eine Anrichte und die Fensterbank waren übersät mit leeren Bier- und Schnapsflaschen. Ein Zimmer daneben stand ebenfalls offen und zeigte einen fensterlosen Raum mit einem Tisch und zwei Stühlen. Auf dem Tisch entdeckten sie mehrere übereinandergestapelte Akten, ein paar Stifte und eine Schreibunterlage. Sie schlichen zurück in die Diele und folgten ihr um eine Ecke. Karola stöhnte auf. Über und unter einem Türschloss waren zwei massive Metallschienen mit Schieberiegeln angebracht, um das Öffnen durch zusätzliche Vorhängeschlösser zu erschweren. Und für diese hatte Walter Brinkmann natürlich keine Schlüssel besessen.

Doch die nächste Erkenntnis ließ Karolas Herz stehenbleiben.

Die Sicherheitsriegel waren zurückgezogen, vorwurfsvoll offene Vorhängeschlösser hingen an ihren Bügeln.

Karola drückte die Klinke, öffnete die Tür und sah einen Tisch mit Stühlen, einen Blecheimer in einer Ecke und eine Pritsche mit einer dreckigen Matratze. Es war düster und stickig, das vergitterte Fenster mit Zeitungspapier zugeklebt.

Sie kamen zu spät.

***

Else saß auf der Rückbank neben zwei Soldaten mit geschwollenen Augen und getrockneten Blutresten im Gesicht. Sie hielt sich den schmerzenden Arm. »Wo fahren wir denn hin? Zum Standgericht Brumshagen?«, fragte sie.

Stützer drehte sich vom Beifahrersitz zu ihr um und lächelte.

»Ich glaube doch, Söderbäumchen, dass die Sachlage klar wie Kloßbrühe ist, oder? Die zusätzliche Arbeit können wir dem hochverehrten Brumshagen ersparen.«

Die beiden Soldaten neben ihr sackten zusammen.

»Welchen Sinn hat das alles denn noch?«, fragte einer der beiden.

»Nur dann, wenn Bolschewistenschweine wir ihr auch wirklich erschossen werden, bleiben die anderen an der Front und lassen ihre Kameraden nicht im Stich«, antwortete der Fahrer derart ungerührt, als erkläre er die Funktionsweise einer Küchenmaschine.

»Sie wollen uns erschießen?«, schrie Else auf.

Adolf Stützer drehte sich wieder in Fahrtrichtung und schwieg.

Nach dreißig Minuten erreichten sie den Eller Forst und hielten an. Adolf Stützer und der Fahrer stiegen aus. Der Feldwebel öffnete die Tür zum Fond und bot Else seinen Arm. Sein Fahrer zerrte auf der anderen Seite die beiden angeschlagenen Soldaten aus dem Wagen. Einer von ihnen schwankte bedenklich. Else erkannte die Waldschänke auf der gegenüberliegenden Straßenseite. Hier aßen Peter und sie früher auf dem Weg zum See oft ein Eis. Doch Peter war tot. Er konnte ihr nicht mehr helfen. Das Gebäude sah stark zerstört aus. Dennoch fanden sich auch jetzt noch viele Menschen ein. Der langjährige Wirt hielt eisern seine Stellung in der Waldschänke. Woher er sein Bier organisierte interessierte niemanden.

Aber in dieser Herrgottsfrühe war niemand zu sehen.

Adolf Stützer ergriff ihren Arm und zog sie mit sich.

Und obwohl der Mann eine Beinprothese trug, konnte Else mit ihm kaum Schritt halten und stolperte mehr hinter ihm her als dass sie ging. Sein Begleiter schob die beiden Soldaten grob voraus. Bei einer nur gelegentlich unterbrochenen Hecke aus hohen Büschen und Sträuchern hielten sie an.

Stützer wandte sich an seinen Kollegen und befahl: »Halt sie fest. Der traue ich zu abzuhauen!«

Der Fahrer umklammerte ihr Handgelenk mit eisernem Griff, während Stützer die beiden Soldaten mit gezogener Pistole durch eine Lücke zwischen zwei Brombeersträuchern trieb und mit ihnen verschwand.

»Was passiert jetzt?«, wollte Else von ihrem Bewacher wissen, aber der ignorierte sie und schwieg.

»Ich meine, der darf doch nicht einfach …«

In dem Moment zerriss ein Schuss die morgendliche Stille. Else schrie auf, und in ihren Schrei mischte sich ein zweiter Knall.

Stützer tauchte wieder auf. Allein.

»Jetzt sie!«, sagte er.

Bevor Else reagieren konnte, trat ihr der Fahrer mit dem Stiefel von hinten in die Beine, und sie sackte vornüber auf die Knie. Fast gleichzeitig beugte der Mann seinen Rücken und legte seine linke Pranke wie einen Schraubstock gegen ihre Stirn. Dann spürte sie, wie sich kaltes Metall in ihren Nacken drückte. Es knallte, und die Wucht des Geschosses schleuderte sie mit dem Gesicht ins Gras.

Donnerstag, 12. April 1945
Eller Forst
Gegen Mittag

Maria Borsig richtete sich auf und drückte ihren Rücken ins Hohlkreuz. Er schmerzte von der ganzen Bückerei. Ihr Korb jedoch war nur halb gefüllt mit Ästen und Zweigenbündeln.

Sie sah sich um, aber die Wiese lag wie leergefegt vor ihr.

Normalerweise sollte man früh hier sein, um noch Brennholz im Forst zu finden, doch an diesem Tag musste ihre Nachbarin Käthe ihre schwerkranke Mutter länger versorgen als üblich.

Und so kamen sie erst spät in den Eller Forst.

Sie gingen immer mindestens zu zweit.

Die Zeiten waren gefährlich.

Nicht allein wegen der nahen Frontlinie, sondern vor allem, weil das Leben inzwischen völlig rechtlos geworden war. Überfälle, gar Übergriffe, erfuhren keine staatliche Sanktion mehr.

Jedes potenzielle Opfer galt als vogelfrei, und sogar ansonsten anständige Männer, Soldaten insbesondere, waren sich mittlerweile selbst die Nächsten. Die Heeresstreifen jagten Deserteure, aber für die Verfolgung von Diebstählen, Raub oder Schlimmeres fühlte sich niemand zuständig. Die Polizei sah sich als ausführendes Organ der Nationalsozialisten.

Sie bespitzelte die Bürger, befreit von jeglichen rechtsstaatlichen Grundregeln. Ihre ganze Arbeitszeit verbrachten sie mit dem Aufdecken staatsfeindlicher Elemente. Die Mittagssonne erreichte bald ihren höchsten Stand, und an der fast zerstörten Waldschänke am Rand der Siedlung tranken zwei Männer ihr erstes Bier. Einer der beiden lehnte sich an sein Fahrrad. Sie unterhielten sich mit dem Besitzer des früheren Restaurants. Maria schaute in ihren Korb und haderte mit sich. Sollte sie für heute aufhören oder sich bemühen, so viel einzusammeln, wie sie finden konnte? Käthe war nicht zu sehen. Sie drehte sich um ihre eigene Achse. Dabei fiel ihr Blick auf einen Ast, dick wie der Unterarm eines Menschen, der entweder durch Beschuss oder eine Sturmböe nur noch von splittrigen Holzfasern an seinem Stamm gehalten wurde.

Sie ging zu dem Baum und zerrte an dem Ast. Doch der wehrte sich mit erstaunlicher Kraft, abgerissen zu werden. Maria sah sich erneut nach Käthe um und rief ihren Namen. Ihre Nachbarin und Freundin tauchte daraufhin hinter einer kleinen Baumgruppe in der Nähe auf. »Was ist?«, rief sie.

»Hilf mir mal«, rief Maria zurück.

Käthe kam zu ihr.

Gemeinsam zerrten sie an dem wertvollen Stück und sahen sich dabei immer wieder um. Raub, Vergewaltigung, ja sogar die Morde der Heeresstreifen interessierten keinen Gesetzeshüter mehr, aber Holzdiebstahl wurde weiterhin hart bestraft.

Ressourcen für den Endsieg. Sie drehten den Ast nach links, sie drehten ihn nach rechts, sie wippten ihn auf und ab, es nutzte nichts, dieses verfluchte Holz schien sich wie mit einem Gummiseil an seinem Stamm festzuhalten.

»Sei mal still«, keuchte Maria plötzlich. »Hast du das gehört?«

»Was denn?«, sagte Käthe und schüttelte den Kopf.

»Psst, ruhig …«

Hilfe

»Da! Hast du das gehört?«

»Nein, ich hör nichts. Was denn?«

Maria legte den Finger auf die Lippen und lauschte.

Hilfe

»Da, nochmal!«

»Du hast Recht. Jetzt habe ich auch was gehört«, sagte Käthe.

»Es kommt von den Brombeerbüschen da drüben.«

Die beiden Frauen stellten ihre Körbe ab und gingen auf das schwache Rufen zu. Kurz vor den Sträuchern schreckten sie zurück.

Zwei Soldaten lagen mit den Gesichtern im Gras und rührten sich nicht.

Hilfe

»Es kommt von hinter den Brombeeren«, sagte Maria. Sie liefen in großem Bogen um die Männerleichen herum und zwängten sich dann durch die schmale Lücke zwischen den Sträuchern auf die andere Seite. Dort standen sie vor einer jungen, blonden Frau, die ebenfalls bäuchlings im Gras lag und angestrengt um Hilfe keuchte. Der Rock ihres Kleides hatte sich bis zum Gesäß über die Strümpfe geschoben, die blonden Locken im Nacken waren blutbefleckt.

Maria kniete sich neben sie.

»Die haben mich erschossen!«, hauchte die Frau.

Maria blickte auf und schaute Käthe fragend an.

Die zuckte mit den Schultern. »Wer sind Sie? Was ist passiert?«, wollte Maria wissen und streichelte der Frau über den Hinterkopf. Dabei fiel ihr Blick auf deren Hals. Unter ihm hatte sich Blut in einer Mulde im Waldboden gesammelt.

»Die haben mich erschossen«, wiederholte die erschöpfte Frau, die trotz der Halswunde nicht röchelte. »Lauf zur Waldschänke und hol Hilfe«, befahl Maria ihrer Freundin.

Die rannte los und kam kurz darauf mit den beiden Männern zurück, die um diese Zeit bereits ihr erstes Bier tranken. Die zwei erfassten die Situation, liefen erneut zur Gaststätte, schnappten sich im zerstörten Innenraum der Waldschänke einen der dort herumliegenden Tische und traten ihm die Beine ab.

Nur mit der Tischplatte kamen sie wieder.

»Spüren Sie ihre Arme und Beine? Können Sie sie bewegen?«, fragte einer der Männer.

»Ja, aber mir ist schrecklich kalt.«, antwortete Else.

»Gut, dann wagen wir es«, er blickte in die Runde.

»Ich war Sani, bevor … auf mein Kommando«, meinte er mit einem Schulterzucken. Sie hoben Else vorsichtig an und drehten sie auf das Holzbrett. Maria stützte Elses Kopf dabei. So trugen sie sie in die Schänke und legten sie auf zwei andere Tische, die man auf die Beine stellte und zusammenschob. Der Raum besaß nur noch drei Seitenwände, durch ausgebrochene Ziegelsteine schaute man ungehindert in den Wald. Einige Menschen standen inzwischen vor der ehemaligen Gaststätte und sogar im Raum. »Wer sind Sie? Was ist passiert?«, wiederholte Maria Borsig ihre Frage.

»Ich heiße Else Gores. Die haben mich erschossen.«

»Können Sie schlucken?«

Else nickte ein wenig.

»Bekommen Sie Luft?«

Else atmete hörbar ein.

Maria richtete sich auf und sagte zu dem Sani: »Unglaublich! Sie hat einen Halsdurchschuss, aber die Kugel hat weder Stimmbänder noch Luftröhre verletzt. Wir brauchen einen Arzt!«

»Ich habe ein Handtuch vom Wirt bekommen. Lassen Sie mich mal …«, antwortete der Mann.

Er neigte sich zu Else und verband geschickt die Wunde.

»Wir brauchen trotzdem einen Arzt«, sagte Maria.

»Die Heeresstreife …«, hauchte Else.

»Ja? Was ist mit der?«

»Die haben mich abgeholt. Zu Hause. Oberbilker Allee 284. Dann haben sie mich hier erschossen.«

»Wir kriegen dich wieder hin, Mädchen«, sagte der Wirt, der sich dazugestellt hatte. Mittlerweile fanden sich immer mehr Menschen in der Schänke ein.

Sie standen um die beiden Tische mit Else herum.

»Ich habe einen Flüchtigen aufgenommen«, sagte Else.

»Ich wusste nicht, dass er weggelaufen war. Er trug keine Uniform. Franz war mein Cousin. Gestern Morgen holten sie erst ihn und dann mich.« Sie sprach mit klarer Stimme.

»Sie kann ganz normal sprechen.«, wunderte sich eine jüngere Frau. Else hörte allgemeines Gemurmel der Leute.

»Wir müssen einen Krankenwagen rufen«, schlug ein Mann vor.

»Aber nicht die Polizei«, flehte Else. »Die beiden Feldwebel sollten mich eigentlich zur Gestapo bringen. Und dann zum Brumshagen. Stattdessen brachten sie mich hierher und erschossen mich. Hat jemand was zum Schreiben dabei? Ich kenne die Telefonnummer vom Kohlengeschäft und von dem Milchladen in unserer Straße. Die kennen meinen Vater und mich. Die Besitzer sollen meinem Vater Bescheid geben. Der wird herkommen.«

Einer der Zuschauer zog einen Bleistift aus seiner Manteltasche und notierte Telefonnummern, Name und Adresse auf ein Stück Zeitungspapier, das am Boden lag. »Dann gehe ich und versuche mein Glück«, sagte er, setzte sich auf sein Fahrrad und strampelte los. Mittlerweile schlug es in der Ferne zwölf Uhr. Um diese Tageszeit hielten sich mehr Menschen auf den Wegen durch den Wald auf. Einige blieben an der Schänke stehen und wollten wissen, was denn passiert sei. Dazu gehörten auch zwei Frauen in Begleitung von zwei Soldaten. Maria Borsig löste sich aus dem Kreis um den Tisch und ging auf die Soldaten zu.

»Wir haben eine Verletzte. Können Sie helfen?«, fragte sie.

»Wir sind nicht für Zivilisten zuständig«, antworteten die. »Wir suchen einen toten Kameraden. Die Kinder dieser beiden Mütter haben gemeldet, dass er irgendwo in der Nähe der Waldschänke liegen soll.«

»Da hinten liegen sogar zwei. Es werden immer mehr von euch.«

Maria war die Entrüstung anzuhören.

Die Soldaten gingen einfach weiter.

Ohne sich um Maria zu kümmern, setzten sie ihre Suche fort. Sie passierten die offene, zertrümmerte Seite der Waldschänke. Elses Blick fiel nach draußen, und sie riss erschrocken die Augen auf.

»Werden die mich erschießen?«, rief sie.

»Nein, keine Angst«, beruhigte Maria, die erneut den ehemaligen Schankraum betrat.

Else erzählte den Umstehenden von ihrem Sohn, der zur Sicherheit mit ihrer Mutter in Thüringen lebe, und von ihrem Mann Jakob, der weiterhin an der Front kämpfe. Der Mann, der mit seinem Fahrrad und den Telefonnummern losgefahren war, kehrte nach einer halben Stunde zurück.

»Tut mir leid. Ich konnte nur wenig erreichen. Beim Milchhändler nahm niemand ab. Ich erwischte dann jedoch den Kohlenhändler. Er meinte, der Kersting sei gestern noch bei ihm gewesen, um zu telefonieren. Ich bat ihn, dem Kersting zu sagen, dass seine Tochter verletzt im Eller Forst gefunden wurde. Er versprach es, aber ich weiß nicht, ob er ihn antreffen wird. Da ist außerdem kein Durchkommen zu den Krankenhäusern oder Rettungszentralen. Die Leitungen sind tot. Nichts zu machen.«

Else zitterte vor Unterkühlung, vor Schwäche und vor Unruhe.

Jemand legte seinen eigenen Mantel über sie.

Eine der anwesenden Frauen machte den Vorschlag, sie könne ihren Mann bitten, Else mit seinem Wagen ins Krankenhaus zu bringen. Die anderen umringten und lobten sie, klopften ihr auf die Schulter und baten sie, sich zu beeilen.

In dem Moment kam ein Kraftwagen die Straße Freiheit entlang gerumpelt und hielt vor der Waldschänke bei einem Schutthaufen. Ein Uniformierter in einem Kradmantel stieg aus und wandte sich an den ersten Mann, der ihm im Weg stand: »Wo ist die Frau?«

Der Zivilist zeigte mit dem einzigen Arm, den er noch besaß, auf die Waldschänke.

Der Uniformierte ging zurück zu seinem Wagen, griff sich eine Decke von der Rückbank und betrat damit das zerstörte Lokal. Die Menschen um Else bildeten stumm eine Gasse. Der Mann breitete die Decke aus und warf sie Else über Gesicht und Oberkörper.

Maria Borsig rief entsetzt: »Was machen Sie denn da? Sie lebt doch! Die Frau ist verletzt.« Sie schlug die Decke weg. Else, die kurz eingenickt war, riss die Augen auf und erkannte den Mann sofort.

»Neiiin! Hilfe!«, schrie sie panisch.

»Packen Sie mit an«, befahl der Soldat, und zwei der umstehenden Männer nahmen Else unter den Schultern und den Knien von ihrer Tischplatte und trugen sie aus dem Lokal. Am Kraftwagen des Soldaten lehnte Adolf Stützer, grinste und schüttelte ungläubig den Kopf. Mit letzter Kraft fuchtelte Else mit den Armen, aber sie konnte sich nicht aus dem Griff ihrer Träger lösen. »Lasst mich los!«, schrie sie, schlug schwach um sich und strampelte mit den Beinen, je näher sie dem Wagen kamen. »Das sind doch die Männer von heute Morgen, die mich in den Wald brachten und erschossen.«

Ihre Stimme wurde schrill.

»Jetzt werde ich doch wieder erschossen. Helfen Sie mir doch bitte. Lassen Sie mich laufen. Wenn ich in den Wagen steige, dann bringen die mich um. Mein Kind, der Josef …«

Ihre Stimme versagte.

Niemand zeigte Anstalten, ihr zu helfen.

»Verstehen Sie denn nicht?«, flehte Else.

Der Mann, der ihre Beine umklammerte, war der Sanitäter, der ihre Wunde versorgt hatte. »Wir wollen doch, dass sie ins Krankenhaus kommen«, sagte er.

Der Mann, der mit dem Fahrrad zum Telefonieren gefahren war, wandte sich an Feldwebel Stützer, der weiterhin ruhig am Wagen stand: »Wohin bringen Sie die Frau, ich meine in welches Krankenhaus?« Er erhielt keine Antwort. Er fragte noch einmal.

Endlich reagierte Stützer: »Das geht Sie nichts an. Das lassen Sie mal unsere Sorge sein.«

Sie zwangen Else in den Wagen. Das Letzte, was die Frauen und Männer der Waldschänke von ihr sahen, war ihr Gesicht, an die Scheibe gepresst mit einem angstverzerrten Blick, während Elses Hände immer wieder flach gegen die Scheibe schlugen. Der Motor sprang an, der Wagen setzte zurück, drehte, fuhr die Freiheitsstraße in Richtung Vennhauser Allee zurück und entschwand aus dem Blickfeld der Anwesenden.

Zwei Jungen mit einem Ball erreichten die Menge an der Waldschänke. »Ist was passiert?«, fragte einer der beiden, als er in die Gesichter der Erwachsenen sah. Der ehemalige Sanitäter antwortete: »Nichts ist passiert, geht weiter. Hier wurde nur jemand abgeholt. Eine Frau mit einem Genickschuss.« Er drehte sich um und griff nach seiner Bierflasche, die er zu Beginn der Aufregung auf einen geborstenen Mauervorsprung gestellt hatte. Der Junge ließ den Ball wie einen Handball auftitschen und meinte: »Hier liegen öfter mal Tote im Wald mit Löchern im Nacken. Aber keine Frauen.«

Er winkte seinem Kumpel, und die beiden verschwanden im Wald. Maria richtete sich an den mittlerweile angewachsenen Pulk.

»Ich hörte sie um Hilfe rufen. Da drüben bei den Brombeeren. Da habe ich doch nicht an so etwas gedacht.« Sie sah sich nach Käthe um und ergänzte: »Als ich das Loch im Hals sah, ist mir schon mulmig geworden. Aber wir brachten sie doch nur hierher, um ihr zu helfen und sie zu versorgen.« Eine Näherin aus der Siedlung meinte: »Wir müssen uns keinerlei Vorwürfe machen. Sie sagte ja selbst, sie habe einen Deserteur versteckt.«

Eine andere Frau fragte: »Kennt jemand von euch die Männer, die sie abholten? Ich habe mir ihre Gesichter genau gemerkt. Wisst ihr noch, was die Frau sagte, als man sie zum Wagen trug? Das seien doch die von heute Morgen, die erschießen mich wieder.«

»Also wenn Sie mich fragen, ich habe ohnehin nichts gesehen und auch nichts gehört«, meinte einer der Umstehenden und entfernte sich. »Ich kenne den mit der Fliegeruniform und der Beinprothese«, sagte der Radfahrer. »Der ist aus der Heeresstreife K. Ich wohne in Gerresheim. Dort fahren sie auch herum, jagen Deserteure und bringen sie zum Verhör in eine Wohnung in der Benderstraße.«

Ein älterer Mann, der auch eine Beinprothese trug, sagte: »Die waren doch bewaffnet. Was hätten wir denn tun sollen?«

Maria keifte ihn an: »Wir hätten sie sofort verstecken müssen. Einige von uns wohnen doch hier in der Siedlung. Wenn diese Frau einen Mann mehrere Tage verstecken kann, wäre es für uns auch möglich gewesen, sie ein paar Tage unterzubringen.«

»Und dann? Wenn sie uns dabei erwischen, geht es uns selbst an den Kragen. Lieber nicht auffallen«, warf der zweite Biertrinker ein.

»Das macht ohnehin keinen Sinn. Mit ihrer Verletzung gehört sie in ein Krankenhaus. Und die bringen sie jetzt dahin«, meinte der ehemalige Sanitäter. Maria Borsig zuckte mit den Schultern und sagte: »Ich weiß nicht. Hatte nicht das Gefühl, dass die zum Helfen gekommen waren. Die machen doch, was sie wollen. Ständig verschwinden Leute. Was ist denn zum Beispiel aus den Grünspans geworden, die da drüben in dem Haus wohnten?«

Sie zeigte mit dem ausgestreckten Arm zur Siedlung.

»Sie meinen den Judenclan?«, fragte die Näherin. »Die sind doch weggezogen, sagt man. Nach Jordanien, glaube ich. Da gehören sie auch hin.« Maria baute sich vor ihr auf. »Nach Jordanien? So also nennen Sie das? Als ob Sie es nicht besser wüssten!«

»Besser wüssten?«, äffte die Näherin nach. »Ich weiß gar nichts. Passen Sie auf, was Sie sagen. Unverschämtheit!«

Käthe ergriff Marias Arm und sagte: »Maria, ich hätte sie auch nicht verstecken können. Wirklich nicht. Meine Kinder sind noch zu jung, um zu verstehen, dass bei uns eine fremde Frau im Keller schläft. Die können noch nicht abschätzen, warum sie ihre Klappe halten müssen. Und die Nachbarn von gegenüber liegen immer auf der Lauer. Haben keine Arbeit mehr … den halben Tag liegen die im Fenster. Die Frau ist bestimmt auch verraten worden. Sie musste doch mit dem Schlimmsten rechnen, wenn sie einen Flüchtigen aufnimmt. War sie so naiv zu glauben, die finden den Mann nicht? Du kannst doch keinem mehr wirklich trauen.«

»Selber schuld, sage ich nur«, unterbrach die Näherin.

»Wir können froh sein, dass selbst in diesen Kriegstagen unsere Volksgemeinschaft noch funktioniert und viele es als ihre Pflicht ansehen, die Augen offenzuhalten. Man kann ja wirklich keinem mehr trauen. Feiglinge und Volksverräter gibt es inzwischen ja genug.« Sie drehte sich um, warf ihre blonden Haare in den Nacken und stolzierte davon.

»Was, wenn sie sie umbringen?« Maria presste sich die Hand vor den Mund und senkte den Blick. Stille folgte für einige Sekunden. Dann fragte sie: »Kennt jemand ihren Vater? Dem müssen wir Bescheid geben. Sie sagte doch, sie wohne in der Oberbilker Allee 284. Einer muss ihm erzählen, was passiert ist. Der könnte dann zur Polizei gehen.«

Der Radfahrer sagte: »Das macht der Kohlenhändler schon.«

»Armes Mädchen! Was die jetzt mit ihr machen?«, fragte Maria.

»Das ist ja das Schlimme, finde ich. Man weiß es nicht weiß. Die ganze Ordnung löst sich auf«, sagte Käthe. »Aber wir können jetzt nichts mehr tun.«

Der Wirt meinte: »Die Heeresstreifen machen ohnehin, was sie wollen. Die kontrolliert mittlerweile keiner mehr.«

Der Ex-Sani seufzte: »Wenn das der Führer wüsste …«

Nachwort
von Ernst Diebels

Fakten und Fiktion

Else Gores, geborene Böhnke, ist eine historische Figur.

Sie lebte von 1914 bis 1945 in Düsseldorf-Oberbilk und wurde am 11.04.1945 wegen Beherbergung eines Fahnenflüchtigen von Mitgliedern einer Heeresstreife verhaftet, am 12.04.1945 zunächst verletzt und dann entführt und mutmaßlich ermordet.

Sie war seit 1939 mit dem Soldaten Joseph Jakob Gores verheiratet. Beide hatten einen Sohn Jakob August Josef.

Er wurde am 10.01.1940 geboren und starb 1990 auf Mallorca.

Über die Kindheit und Jugend der Else Gores existieren keine Dokumente. Die in der Erzählung aufscheinenden Angaben sind fiktiv. Elses Stiefvater, Johann »Hannes« Kersting, den ihre Mutter nach der Scheidung von Elses Vater heiratete, und andere erwähnte Familienmitglieder sind ebenfalls historische Figuren.

Karola, ihre Freundin, ist eine fiktive Figur

Hinweise über Frauen wie sie sind aber in Dokumenten und Ausstellungen der Mahn- und Gedenkstätte Düsseldorf zahlreich zu finden. Karola steht stellvertretend für diese mutigen Frauen.

Die fiktive Romanfigur Adolf Stützer wurde inspiriert durch Daten, die aus Prozessakten gegen den historischen Feldwebel Adolf Stender, geboren 1922, bekannt wurden. In diesen Verfahren wurde er wegen seiner Verbrechen als Mitglied der Heeresstreife Kaiser angeklagt und verurteilt. Nach seiner Entlassung aus dem Gefängnis verliert sich seine Spur.

August Kaiser und seine Lebensgeschichte sind ebenfalls durch diese Prozessakten belegt.

Hauptmann a.D. August Kaiser

1891 geboren in Jogschen, Ostpreußen, trat er nach einer Ausbildung im Bauhandwerk 1911 in die Armee ein. Er wurde 1918 im Ersten Weltkrieg verwundet, und sein rechter Arm wurde amputiert. Seit 1920 arbeitete er als Landesobersekretär bei der Landesversicherungsanstalt in Düsseldorf.

Er trat 1932 in die NSDAP ein, heiratete, bekam zwei Söhne.

Von 1940 bis 1944 arbeitete er als Fürsorgeoffizier beim Wehrmachtsversorgungsamt in Düsseldorf. Am 01. April 1944 schied er aus der Wehrmacht aus und stellte sich für den Volkssturm zur Verfügung. Im März 1945 wurde er zum Leiter der Heeresstreife in Düsseldorf bestellt. (aus:10) Die Heeresstreifen wurden bei Disziplinarverstößen tätig und wurden von Deserteuren und ihren Helfern gefürchtet.

Aber noch härter wurden die Taten der Heeresstreife Kaiser, seit Adolf Stender Mitglied der Streife war.

Adolf Stender

Adolf Stender wurde am 3. Mai 1922 in Düsseldorf geboren.

Er besuchte die Volksschule in Düsseldorf und trat früh in das Jungvolk der NSDAP ein. Später folgte die Aufnahme in die Hitlerjugend, in der er schnell zum Kameradschaftsführer aufstieg.

Er war nicht vorbestraft.

1940 wurde Stender zur Luftwaffe einberufen.

Sein Anwalt schreibt im Gnadengesuch 1953, er habe sich freiwillig gemeldet. Nach einer verkürzten Ausbildung zum Flugzeugführer stürzte er 1941 bei einem Übungsflug über Mannheim ab. Wegen erheblicher Kopfverletzungen und einer Gehirnerschütterung konnte er das Krankenhaus erst nach neun Monaten verlassen. Sofort meldete er sich zurück und wurde an die Ostfront geschickt. Dort wurde er 1942 bei seinem zweiten Feindflug abgeschossen und musste hinter der russischen Front notlanden.

Laut seinem Rechtsanwalt versteckte er sich monatelang in den russischen Wäldern und verlor beim Versuch, zu den deutschen Stellungen zurückzufinden, durch einen feindlichen Handgranatenwurf sein linkes Bein, das oberhalb des Knies amputiert werden musste. Bis zum April 44 blieb er im Lazarett und schied aus dem aktiven Dienst aus.

Sein letzter militärischer Dienstgrad war Feldwebel.

Im Mai 44 meldete er sich trotz Prothese wieder zur Luftwaffe. Er trat in die NSDAP ein und erhielt die Aufgabe, als Rechnungsführer im Fliegerhorst Düsseldorf zu arbeiten, bis dieser im März 45 nach Werl verlegt wurde. Ende März wurde Adolf Stender der Heeresstreife Kaiser in Düsseldorf zugeteilt.

Gerichtlich belegte Szenen

Die Begegnungen zwischen Else Gores und Adolf Stender bei der Festnahme des fahnenflüchtigen Cousins in ihrer Wohnung am Morgen des 11. April und bei ihrer eigenen Festnahme am Nachmittag des 11. April sind durch Zeugenaussagen im Schwurgerichtsprozess 1947 belegt

Der Verhörort Benderstraße ist nicht gerichtlich belegt, aber wahrscheinlich. Da Kaiser nachweislich befahl, sie zu holen, um mit ihr zu sprechen, muss das Verhör in der Benderstraße stattgefunden haben.

Auch weitere Szenen beim Transport der Gefangenen und die Geschehnisse an der Waldschänke sind gerichtlich dokumentiert.

Else Gores überlebte den Genickschuss, sie wurde aufgefunden, und bevor ein Krankenwagen sie abtransportieren konnte, waren Stender und ein anderer Streifenangehöriger wieder da und verschleppten sie mit ihrem Auto. Elses Leiche wurde nie gefunden.

Sie wurde vom Amtsgericht Düsseldorf 1948 nach der üblichen Wartezeit für vermisste Personen ab dem 12.04.1945 für tot erklärt.

Rückkehr von Jakob Josef Gores

Über die Rückkehr von Elses Ehemann Josef Jakob Gores nach der Kapitulation, seine Suche nach der Vermissten und seine Mithilfe bei der Verhaftung von Stender und Kaiser, gibt es ein ausführliches, dokumentiertes Gespräch mit dem Düsseldorfer Rechtsanwalt Volker Götz im April 1995 in dessen Kanzlei. Herr Götz hatte 1965, zum zwanzigsten Jahrestag der Ermordung von Else Gores, eine Todesanzeige in einer Düsseldorfer Lokalzeitung geschaltet und die Verlegung eines Stolpersteines vor ihrem Wohnhaus in Oberbilk veranlasst. (aus: 8) Mit ähnlichem Wortlaut wurde unter dem Titel:

»Ich habe sie überall gesucht – vergebens«

ein Interview mit Josef Jakob Gores am 12.4.1995 in der Rheinischen Post abgedruckt. Wir lassen den Ehemann selbst sprechen:

»Drei Tage nach Kriegsende kam ich zurück in die Wohnung. Eine Nachbarin und Hannes Kersting erzählten mir, was geschehen war. Alle Friedhöfe suchte ich ab, auch in Wuppertal und Velbert. Vergeblich. Ich hatte eine solche Wut, dass ich mit einem Seil bewaffnet auf die Suche nach Adolf Stender ging.

Bekannte erzählten, Stender liefe in Frauenkleidern herum, um nicht erkannt zu werden. Ich wollte ihn am Oberbilker Markt aufhängen, so wie er es mit Moritz Sommer getan hatte. Freunde hielten mich allerdings davon ab. Den Kaiser kannte ich auch flüchtig.

Ich ging dann zur amerikanischen Militärpolizei und erzählte dort einem Hauptmann die Geschichte. Ich bat ihn, Stender und Kaiser festzunehmen, meine Frau zu suchen. Der war sofort einverstanden und schickte zwei seiner Leute. Ich half bei der Suche, da mir mögliche Orte, wo man Else hätte erschießen und die Leiche hätte verschwinden lassen können, bekannt waren. Wir haben das Baggerloch im Eller Forst mit Tauchern abgesucht, im Volksgarten und im Grafenberger

Wald gesucht. Sogar im Bergischen suchten die amerikanischen Soldaten. Ohne Erfolg. Anscheinend wurde sie getötet und an einem unbekannten Ort verscharrt.

Den Adolf Stender konnten wir zunächst nicht auftreiben.

Niemand wusste, wo er sich aufhielt. Jemand, der Stender kannte, wusste aber, wo seine Mutter wohnte und gab mir die Adresse. Ich ging zu ihrer Wohnung, gab vor, ein ehemaliger Schulkamerad zu sein, der ihn wiedersehen wolle. Ich bat sie um Auskunft, wo ich Adolf finden könnte. Sie glaubte mir und gab mir seine neue Adresse, die ich an den amerikanischen Militäroffizier weitergab. Wir fuhren in den genannten Ort und schnappten ihn. Am 4. Mai 1945 verhafteten sie Adolf Stender und August Kaiser und nahmen sie in amerikanische Internierungshaft. Ich glaube, sie sind beide im Gefängnis gestorben.« (aus: 8)

Drei Monate nach dem Gespräch mit Rechtsanwalt Götz starb Josef Jakob Gores 1995 in Düsseldorf. Mit seiner Meinung, Stender und Kaiser seien im Gefängnis gestorben, irrte er.

Die militärische Lage in den letzten Kriegswochen im Rheinland

Wir folgen hier den Dokumentationen von Bosch (1) und Zimmermann (6), die neben vielen anderen Darstellungen ein faktenreiches und anschauliches Bild der vorrückenden alliierten Armeen und der zusammengewürfelten letzten deutschen Aufgebote zur Verteidigung der Rheinlinie vermitteln. Sie schildern die mehrfache Überlegenheit an Kriegsmaterial und Soldaten bei den englischen und amerikanischen Einsatzkräften, den Mangel an schweren Waffen und Munition auf Seiten der Wehrmacht und die Versuche der NS-Führung, den totalen Krieg bis zum letzten Tag zu verlängern.

Eine US-Division rückte im Februar 1945 in Richtung Rhein vor.

Ziele waren die Städte Krefeld und Neuss.

Das Ziel, über die Hammer Eisenbahnbrücke und die Südbrücke auf die rechte Rheinseite in die Düsseldorfer Innenstadt und weiter in innere Gebiete Deutschlands zu gelangen, verfehlten sie. Die Wehrmacht hatte diese beiden Brücken schon vor der Ankunft der US-Verbände gesprengt.

Tieffliegerangriffe und Jagdbomber begleiteten den Vormarsch und schossen auf alles, was sich bewegte. Ohne Gefahr für Leib und Leben konnten die Menschen tagsüber die Keller und die Bunker oft nicht mehr verlassen. In der Nacht vom 2. auf den 3. März 1945 besetzten US-Truppen das linksrheinische Oberkassel. Über die letzte verbliebene Brücke, die Skagerrak-Brücke, wollten sie gegenüber der Düsseldorfer Altstadt auf das rechte Rheinufer vorstoßen.

Der deutsche Divisionskommandeur der Wehrmacht, Ewert, befahl daraufhin den Soldaten und den zahlreichen Volkssturmangehörigen den sofortigen Rückzug aus Oberkassel. Am Morgen des 3. März um 9.30 Uhr sprengte die Wehrmacht diese Brücke nach heftigen Kämpfen (7, S.41). Vorerst blieb der Fluss die Frontlinie.

Einhundert Kilometer südlich überquerten schließlich die ersten amerikanischen Truppen den Rhein. Es waren Soldaten der 1.US-Armee, die am 7. März 1945 bei Remagen über die Ludendorff-Brücke auf das Ostufer des Stromes gelangten.

Britische und amerikanische Divisionen überschritten dann gemeinsam am 23. und 24. März 30 Kilometer nördlich von Düsseldorf den Fluss bei Wesel (1, S.279ff). Zusammen mit den südlichen Armeen führten sie eine Zangenbewegung durch und formten durch Einkreisung der deutschen Heeresgruppe B unter Generalfeldmarschall Model den sogenannten »Ruhrkessel«.

Diesen konnten sie schon am 1. April schließen. Deshalb musste am 2. April 1945 die Infanteriedivision aus Düsseldorf abziehen, um die eingeschlossene deutsche Heeresgruppe B von Süden her zu unterstützen. In Düsseldorf selbst blieb nur wenig Militär mit weitgehend zerstörten Geschützen und knapper Munition zurück.

Die Lage für die Wehrmacht im Rheinland war aussichtslos – die Truppen konnten weder vor noch zurück.

Die Amerikaner verkleinerten den Ruhrkessel, Düsseldorf und die Bergischen Städte Hilden, Wuppertal und Solingen wurden ebenfalls eingeschnürt (7, S.63 ff).

Der Großteil der kampffähigen Einheiten innerhalb des Düsseldorfer Stadtgebietes bestand nun aus Polizeistreitkräften unter dem Befehl des Oberleutnants der Schutzpolizei, Karl Brumshagen.

Sieben Kompanien bildeten Kampfgruppen, die der Wehrmacht unterstellt waren.

Am 10. März erging der Befehl über die Düsseldorfer Zeitungen an die Öffentlichkeit, dass alle Männer jetzt zum Volkssturm gehörten und der Einberufung Folge zu leisten sei. Egal, ob sie schriftlich oder mündlich aufgefordert würden, auch wenn sie nicht vereidigt seien. Ihre Heimatgemeinden durften die Männer nicht länger als 48 Stunden verlassen, ohne vom Vorgesetzten beurlaubt worden zu sein. Wer dagegen handelte, wurde dem Standgericht Brumshagen zugeführt. Sie alle hatten trotz der härtesten Durchhaltebefehle gegen die Übermacht der US-Streitkräfte keine Chance. Die SS soll zu dieser Zeit noch über zwei fahrbare Geschütze verfügt haben und damit zwischen Urdenbach und Kaiserswerth hin- und hergefahren sein, um Anwesenheit zu demonstrieren und auf die linke Rheinseite zu feuern. Die Reaktionen der Gegner auf der Neusser Seite waren schwere Kanonaden.

Am 14. März erschien in den Zeitungen die Bekanntmachung zur Räumung von Straßen entlang des Rheinufers, die im Zielbereich der amerikanischen Artillerie lagen. Die Wehrmacht wollte die Bevölkerung aus der Schusslinie bringen, auch um sie als kämpfendes Volk weiterhin zur Verfügung zu haben.

Bis zum 15. März sollten die genannten Straßen geräumt sein.

Das Gebiet wurde zum Sperrgebiet erhoben und der Zutritt verboten. Im rechtsrheinischen Düsseldorf blieben aber viele Menschen in ihren Stadtteilen und zogen den Aufenthalt in den Bunkern einer gefährlichen Evakuierung vor.

Am 28. März 1945 erließ Gauleiter Florian einen Räumungs- und Zerstörungsbefehl. In diesem ordnete er an, dass dem Feind nichts in die Hand fallen dürfe, was er zur Vernichtung des Volkes verwenden könne – weder Mensch noch Material. Der Befehl sah die Zerstörung aller Versorgungs-, Verkehrs-, Industrie- und Militäranlagen vor. Er wollte Düsseldorf in Schutt und Asche legen.

Im Bunker in Düsseldorf-Hamm lebten zeitweise 4.000 Menschen *(mündliche Mitteilung von Franz-Josef Etz, Düsseldorf-Hamm 2020)*, auch Bürger aus Unterbilk und aus dem Hafenviertel auf engstem Raum. Die Hammer Bauern sorgten dafür, dass es sporadisch etwas zu essen gab.

Die Versorgung mit Lebensmitteln war durch die Front auf der linksrheinischen Seite abgeschnitten, somit war die Menge der verfügbaren Nahrungsmittel weniger als dürftig. Tiere verreckten auf den Feldern, Bauern verloren bei der Ernte das Leben durch den Dauerbeschuss. Die Stadtverwaltung forderte alle Feld- und Kleingartenbesitzer auf, Gemüse, Obst, Salat, Bohnen und Kartoffeln anzubauen und abzuliefern.

Die Gasproduktion wurde eingestellt, auch Kohle war schon seit 1944 knapp. Hausgemeinschaften kochten nun mit Trümmerholz nach wechselndem Plan.

Sie waren zum Verlassen ihrer Stadt nicht bereit.

Die US-Armeen führten am 6. April einen Großangriff auf die Frontlinie an der Sieg entlang durch und begannen, die eingeschlossenen Verbände zu zerschlagen. Eine Kapitulation wäre der einzige Schritt gewesen, weiteres Blutvergießen zu verhindern. Aber dazu waren Gauleiter Florian, Generalfeldmarschall Model und andere Verantwortliche immer noch nicht bereit. Mehrere Übergabeaufforderungen der US-Armee wurden abgelehnt.

Durch den heldenhaften Einsatz (7, S. 76 ff) einiger Düsseldorfer Bürger wurde den US-Truppen schließlich am 17. April die Stadt kampflos übergeben.

Hierdurch wurden die vollkommene Zerstörung der Stadt und noch mehr sinnlose Blutopfer vermieden.

Militärpolizei, Heeresstreifen und Standgerichte in Düsseldorf

Schon kurz nach Beginn des Polenfeldzuges 1939 war der Militärführung klar, dass möglicherweise die Ordnung der Truppe gefährdet sein könnte. Man hatte auf die Schnelle viele junge Männer eingezogen, die keine soldatische Erfahrungen mitbrachten und nur eine Grundausbildung absolviert hatten. Schon bald verloren viele die Begeisterung, und ihr Kampfwille ließ nach. Recht schnell wurden auch Fälle bekannt, in denen Soldaten die Gewehre mit der Mündung nach unten trugen als Zeichen des passiven Widerstandes. Die Heeresführung fürchtete Zustände wie im Ersten Weltkrieg 1917/18, als es zu Aufständen kam.

Die Wehrmacht berief gleichzeitig mehr als eine Million Kriegsveteranen des Ersten Weltkrieges ein. Diese Soldaten hatten bereits Familien gegründet, und viele waren nur mit Druck dazu zu bewegen, wieder in den Krieg zu ziehen. Weil es in einigen Teilen des deutschen Machtbereiches keine effektiven Ortskommandanturen gab, konnten Kontrollen zur Einsatzbereitschaft und Einhaltung der Disziplin nur unzureichend durchgeführt werden.

Die Überwachung der unmittelbaren militärischen Einsatzdisziplin konnte die Feldgendarmerie nur begrenzt leisten. Deshalb wurden 1939 zusätzlich die Heeres-, Luftwaffen- und Marinestreifendienste aufgestellt, die 1941 unter der Federführung des Oberkommandos der Wehrmacht (OKW) zu Heeresstreifengruppen, später als Wehrmachtsstreifengruppen, zusammengefasst wurden.

Die folgenden Anordnungen der Reichsbehörden und die Befehle aus dem Oberkommando der Wehrmacht sowie die bedingungslos zu akzeptierenden Erlasse des »Führers« sind den Studien und Dokumentationen von Keller (4) und Zimmermann (7) entnommen. Sie erhellen wie Schlaglichter den Hintergrund der Haltungen innerhalb der Führung und erklären die Brutalität des Vorgehens in diesen Gruppen.

Keller führt als Beleg hier eine dogmatische Feststellung Hitlers an, die 1944 als Führererlass herausgeben wurde. Hierin wird der

Gehorsamsrahmen, die Opferbereitschaft und die Disziplin für die Mannschaften und das unnachgiebige Durchgreifen durch die Offiziere gefordert, aber nicht aus der Sicherheit einer Zukunftsperspektive heraus, sondern aus der schon aufscheinenden Ambivalenz gegenüber dem eigenen Siegesvertrauen.

Es komme nicht auf militärische Rüstung an; entscheidend sei … *»der Mensch, der Soldat, der Kämpfer. Wer den reinsten Willen, den tapfersten Glauben und die fanatischste Entschlossenheit in den Kampf zu werfen vermag, dem wird schließlich der Sieg gehören.«* (3, S.328)

1944/45 hatten sich viele Soldaten geistig längst von diesen Propagandalosungen entfernt. Die Bereitschaft zu kämpfen sank. Diese Gefahr musste sozusagen umgekehrt in ständigen Durchhaltebefehlen gebannt werden, die mit der Idealisierung und der »dogmatischen Verknüpfung« abstrakter Phrasen wie *»Glaube, Wille und Endsieg«* gefüllt wurden. Solche Worthülsen mussten die fehlenden Fakten und die Perspektivlosigkeit der Kriegsziele verdecken oder gar die Möglichkeit einer Kapitulation verbieten. Für die späteren Kriegstage wird dies oft als Tagesbefehl verschärft und konkretisiert. Am 28. Januar 1945 erging ein Befehl von Generalfeldmarschall Georg Keitel, der *»jedem Soldaten einzuhämmern«* sei, über das *»Verhalten von Offizier und Mann in Krisenzeiten.«* Er wendete sich an die Vorgesetzten der Truppe. *»Keine Truppe, kein Soldat verlässt ihre Stellung ohne Befehl. Versprengte melden sich sofort beim Führer der nächsten Truppe. Niemand darf seine Waffe im Stich lassen.«* (4, S. 328)

Da die Befehlsketten mehr und mehr zerrissen, mussten die Lücken durch weltanschauliche Drastik und hemmungslose Machtverteilung nach unten an Hörige geschlossen werden. Kontroll- und Beschwerdeinstanzen über die Durchführung gab es nicht mehr.

Die Feldjägerkommandos erhielten weitgehende Sonderbefugnisse. Sofortiges Eingreifen sei insbesondere dann angezeigt, *»wenn Wehrmachtsangehörige sich ohne Befehle vom Feind absetzen und sich der Feigheit schuldig machen, sich als Versprengte nicht sofort bei der nächsten Truppe melden … Wenn sie plündern, verwundete Kameraden oder Waffen und Munition im Stich lassen und Kampfmittel ohne dringendste*

Notwendigkeit zerstören und Führer oder Unterführer in ihrer soldatischen Haltung versagen oder sonst ihre Führungspflichten schwer verletzen.«

Damit wurde den Vorgesetzten für alle genannten Vergehen eine explizite Pflicht zum Waffengebrauch auferlegt, *»wenn die Lage oder die Manneszucht nicht anders wiederhergestellt werden kann.«* Kameradschaftliche Haltung wurde als *»Weichheit«* bezeichnet und als Mitschuld an der Pflichtvergessenheit bestraft.

Die beschuldigten Soldaten waren keine Menschen, sondern *»zersetzende Elemente.«* (4, S. 329 ff, zitiert aus Bundesarchiv Berlin)

Die Regelungen für Standgerichte wurden verschärft, ebenfalls ausführlich wurden die nicht weniger scharfen *»Maßnahmen gegen pflichtvergessene Vorgesetzte«* erörtert.

Fast eine Aufforderung zu schikanöser Strafhaltung stellt die Formulierung dar, mit der Härte belohnt wurde: Wer *»beherzt und verantwortungsbewusst handle, würde auch dann nicht zur Rechenschaft gezogen, wenn er seine Befugnisse überschreitet.«* (4, ebendort)

Im Februar 1945 verstärkte das Reichsjustizministerium die Einsetzung der Standgerichte.

Freispruch oder Todesstrafe - eine andere Alternative gab es nicht. Routinemäßig war nun bei Auflösungserscheinungen dem Gerichtsherrn zu melden, *»ob die verantwortlichen Vorgesetzten von ihrer Waffe Gebrauch gemacht haben.«*

(4, S. 329, zitiert aus Bundesarchiv Freiburg)

Die misstrauische Haltung auch gegenüber Offizieren und Unterführern wuchs mit der Wahrscheinlichkeit der Niederlage, musste aber gegenüber den kämpfenden Verbänden verschleiert werden. Besonders wird dies deutlich in einem Tagesbefehl, den Keller zitiert.

Hitlers Tagesbefehl vom 14. April 1945, der *»umgehend jedem Soldaten an der Ostfront bekannt«* zu machen war.

Eingangs beschwor der »Führer« den Kampf gegen den *»jüdisch-bolschewistischen Todfeind, der mit seinen Massen versuche, Deutschland zu zertrümmern und unser Volk auszurotten und deutsche Frauen, Mäd-*

chen und Kinder bedrohe. Wer in diesem Augenblick seine Pflicht nicht erfülle, handele als Verräter an unserem Volk«, so Hitler. *»Wer Euch Befehle zum Rückzug gibt, ohne dass ihr ihn sehr genau kennt, ist sofort festzunehmen und nötigenfalls augenblicklich umzulegen, ganz gleich, welchen Rang er besitzt«.*

(4, S. 329, zitiert aus: Messerschmidt, Die Wehrmacht im NS-Staat, S. 379)

»Damit erreichte die innerhalb der Wehrmacht längst herrschende radikale politische Rechtsauffassung ihren Höhepunkt. Sie sanktionierte abseits aller normativen Grenzen und Regelungen tödliche Gewalt als notwendiges, weil letztes noch verbliebenes Mittel, um ihr Ziel, das Durchhalten und Weiterkämpfen, zu erzwingen.« (4, ebendort)

Man muss sich klarmachen, dass dieser Tagesbefehl noch nicht einmal drei Wochen vor der endgültigen Kapitulation und nur wenige Tage vor dem Selbstmord des »Größten Feldherrn aller Zeiten« erfolgte.

Auch wenn man sich kaum noch eine Steigerung des Verlustes an Ordnung und Recht vorstellen kann, findet Keller Fakten und Tendenzen, die uns die Systematik des totalen Krieges und die Eingeschworenheit auf den absoluten Führerstaat vor Augen führen. Ordnungsgemäße Feldkriegsgerichte mit nachvollziehbaren Verfahrensregeln ließen sich in der Unordnung des Rückzuges teils nicht mehr durchführen. Man griff deswegen immer mehr auf die schon 1939 gesetzlich ermöglichten Schnellgerichtsregeln zurück. Andererseits war der »kurze Prozess«, den die Standgerichte ermöglichten, ein Instrument, welches dem Schwarz-Weiß-Denken der NS Führung vollständig entsprach. In den letzten Wochen des Krieges verloren die Verfahren auch vor den Feldkriegsgerichten zusehends an Bedeutung, während »die Zahl der Fälle, die von militärischen Standgerichten abgeurteilt wurden« zunahm.

Keller sieht in diesen Zahlen eine markante Veränderung des gesamten Militärgerichtswesens, die bislang zu wenig Beachtung gefunden hat. (4, S. 333 ff)

Gewaltexzesse und Brutalität gab es innerhalb der Heeresstreifen, aber auch bei anderen militärischen und polizeilichen Operationen sowie durch Parteimitglieder bis in die letzten Kriegstage hinein. Um diese Phänomene zu erklären, kann man nicht nur die extreme Verbiegung des Rechtes, den Wegfall aller Kontrollinstanzen oder gar einen Befehlsnotstand heranziehen.

Auch sozialpsychologische Überlegungen müssen dazukommen.

Gegner, Andersdenkende, aktive und passive Widerständler und insbesondere die Deserteure wurden nicht mehr als Rechtssubjekte mit individueller Geschichte gesehen, sondern allgemein als Verräter und feindliche Elemente deklariert.

Somit waren sie nicht mehr Kameraden oder Mitbürger, sondern Abschreckungsobjekte, die außerhalb des kämpfenden Volkskörpers standen. Sie waren nahezu frei verfügbar für jeden Strafimpuls. Die Strafe zu vollziehen war ein Kampfeinsatz im Volkskrieg. Sie gab den Todesschützen, den Folterern beim Verhör, den Henkern ein momentanes Erlebnis von Unbesiegbarkeit noch im Angesicht der drückenden Gewissheit der überall sichtbaren Ruinen. Zwar wurde damit die alliierte Übermacht keinen Meter zurückgedrängt, aber das NS-Ideal wurde in der eigenen Person zum Endsieger des Augenblicks. Selbst wenn transparente Hierarchien und verlässliche Abläufe längst nicht mehr existierten, war der verinnerlichte Wille des Führers letzte Orientierung und erste Legitimation.

Die Düsseldorfer Heeresstreife Kaiser

Einerseits wegen des Personalmangels, vor allem aber auch, weil NSDAP, SS und Wehrmacht immer stärker verschmolzen, wurden die Heeresstreifen gemeinsam durchgeführt. Hier sollten besonders die Ortskenntnisse der Parteimitglieder von Nutzen sein. In Düsseldorf wurde eine Streife von den Funktionären der NSDAP organisiert.

Hier bestellte der Kreisleiter Walter einen guten Bekannten und verdienten Parteigenossen, den Hauptmann a. D. August Kaiser, zum Streifenführer. Kaiser war zwar durch Verlust eines Armes im ersten Weltkrieg behindert, nahm aber das Kommando an. Solange noch Wehrmachtsverbände in Düsseldorf lagen, erhielt die Streife Kaiser Zuteilungen von aktiven Soldaten. Am 8. März 1945 begann die Heeresstreife ihre Arbeit unter dem Oberkommando der Wehrmacht. Sie konfiszierte kurzerhand eine Wohnung in der Benderstraße 80 als Hauptquartier (7, S. 66).

Zunächst bestand sie aus drei bis fünfzehn Soldaten. Ihre Aufgabe war das Aufgreifen von desertierten Soldaten, deren Zahl auch im Westen erheblich zugenommen hatte.

Die Streife sollte Meldungen aus der Bevölkerung und von der Polizei aufnehmen, die etwas über den Aufenthaltsort von Flüchtigen und deren Helfern verrieten.

Sie führten Hausdurchsuchungen sowie Straßen- und Verkehrskontrollen durch. Wenn die Männer der Heeresstreifen einen Fahnenflüchtigen verhafteten, musste dieser in der Benderstraße 80 verhört werden. Sollte sich dort der Verdacht nicht erhärten, musste derjenige freigelassen werden. Im anderen Fall wurde er danach zum Polizeirevier 14 gebracht, danach zum Standgericht unter dem Befehl des Oberstleutnants der Schutzpolizei, Karl Brumshagen.

Im späteren Gerichtsprozess gegen die Mitglieder der Heeresstreife machten Zeugen Aussagen, die das praktische Vorgehen kennzeichnen. Misshandlungen und Bedrohungen wurden kaum versteckt, so sahen Bewohner des Hauses Benderstraße 80 im Hausflur auf junge Männer, die gefesselt an Händen und Füßen an der Wand knieten.

Ein Soldat lief hinter ihnen hin und her und simulierte die bevorstehende Hinrichtung mit seiner Maschinenpistole (4, S.105 ff).

Die Streife durfte keine Todesurteile fällen und auch keine vollstrecken. Sie tat es aber, wie später auch gerichtlich bestätigt wurde.

Ein Zeuge der Anklage schilderte Telefongespräche der Streife. Bei einem solchen war die Rede davon, zwei Soldaten besser umzulegen, um »*keine Arbeit mehr mit denen*« zu haben.

Alle internen Regeln für solche folgenschweren Verfahren waren aufgelöst. Denunziation ersetzte Ermittlungen. Verdacht reichte oft als Beweis.

Somit war die eigenmächtige Lösung am Ende für die Heeresstreifen die geringste Arbeit und gleichzeitig die Gewissheit, den »Fall« ohne Verzug durch Formalitäten und Zeugen zu »erledigen«.

Anfang April mussten immer mehr Soldaten aus Düsseldorf abgezogen werden, um dem Ansturm der Alliierten gegen den Ruhrkessel entgegengestellt zu werden. Als auch hier die Zahl der kriegsmüden Soldaten erheblich wuchs, wie überall im zerfallenden Reich, erließ Himmler den Befehl, den Umgang mit den Fahnenflüchtigen und sonstigen die Wehrkraft zersetzenden Subjekten gnadenlos zu verschärfen.

Der Kreisleiter Walter machte Kaiser klar, dass er persönlich mit seinem Kopf hafte, wenn er es nicht schaffe, die Ordnung wiederherzustellen und nicht energisch genug durchgreife.

Die Helfer müssten wissen, was ihnen blühe, wenn sie Deserteure schützten. Am 2. April 1945 wurde die Heeresstreife dem Oberbefehl des Gauleiters der NSDAP Florian unterstellt.

Ab diesem Zeitpunkt wurde die Zahl der Streifenmitglieder nur noch mit NSDAP-Mitgliedern, wenigen Polizisten und Volkssturmangehörigen aufgefüllt. Eine schriftliche Aufklärung über Rechte und Pflichten erhielten die Streifenmitglieder nicht.

Diese Gruppe um August Kaiser beging zahlreiche Verbrechen.

Besonders brutal tat sich der ehemalige Feldwebel Adolf Stender hervor. Er war der starke Mann der Gruppe. Ihm zollten die Männer mehr Respekt als dem Hauptmann a. D. Kaiser. Kaiser trank zu viel, war oft nicht zu Entscheidungen in der Lage. Auch die anderen, wie Stender, waren dem Alkohol sehr zugetan, der dabei half, zu vergessen und zu enthemmen.

Stender und zwei weitere Kollegen nahmen noch am 14. April 1945 den einundsiebzigjährigen Moritz Sommer fest, den ein Fahnenflüchtiger bei einer Vernehmung durch die Streife denunziert hatte. Der Vorwurf war, Moritz Sommer hätte einen Desertierten versteckt und ihm Kleider besorgt.

Sie folterten den einundsiebzigjährigen Mann, der sich als Halbjude jahrelang versteckt halten konnte, zerschlugen sein Gesicht und hängten ihn am 15. April am Oberbilker Markt zur Abschreckung am Laternenmast direkt vor dem Bunkereingang auf. Dort ließen sie ihn zwei Tage bis zum Einmarsch der Amerikaner als drohendes Mahnmal hängen. August Kaiser schritt nicht ein. Noch am selben Tag löste er die Streife auf.

Am 16. April 1945 wurde die Wohnung in der Benderstraße an den Mieter zurückgegeben. Der fand die Wohnung in Unordnung und voller blutiger Relikte aus den Verhören, sowie einen Haufen leerer Schnapsflaschen (4, S.350).

Widerstand in Düsseldorf

Der Widerstand gegen die Nazi-Herrschaft und vor allem gegen die Kriegsmaschinerie hatte ein breites Spektrum.

Er begann in ehemaligen sozialdemokratischen Kreisen, bei Bürgern mit christlichem Hintergrund und vor allem bei Männern und Frauen, die kommunistischen Ideen nahestanden, schon nach der Niederlage von Stalingrad 1942. Es bildeten sich kleine konspirative Gruppen, die Aktionen planten, Flugblätter verteilten und schon Pläne für eine demokratische Nachkriegsgesellschaft vorbereiteten.

Am Ende retteten sie sogar in der »Aktion Rheinland« die Stadt vor der Zerstörung durch den Nero-Befehl und vereitelten die Weiterführung der Kampfhandlungen bis zur letzten Patrone, wie sie vom Kommandeur des Ruhrkessels und der Gauleitung ultimativ verlangt wurden.

Dies wäre verbunden gewesen mit einem dauerhaften und vernichtenden Artilleriebeschuss durch große amerikanische Verbände, die im Westen und Osten an den Rändern der Großstadt Aufstellung genommen hatten.

Eine ausführliche Analyse und Würdigung der aufopferungsvollen, tapferen Aktionen der Antifako (Antifaschistische Kampforganisation) um Hermann Smeets und der Wiedenhofen Gruppe findet der Leser bei Volker Zimmermann in seinem Buch »In Schutt und Asche« (7).

Es ist in den Schriftenreihen der Mahn- und Gedenkstätte erschienen, die gemeinsam mit dem Stadtarchiv Düsseldorf herausgegeben werden (7, S. 76, ff). Zimmermann führt uns dramatisch vor Augen, wie diese organisierten Gruppen die Gefahr der jederzeitigen Aufdeckung meisterten und ihre Kontakte zu vertrauenswürdigen Mitgliedern der Polizei ausbauten, wie die Gruppe Wiedenhofen Verbindung zu den amerikanischen Kommandeuren herstellte und damit schließlich die kampflose Übergabe der Stadt ermöglichte. Ohne persönliche Kenntnis von den Mitgliedern der Wiedenhof-Gruppe zu haben, bereitete auch die Antifako durch gefahrvolle Flugblattaktionen, die als Reihe unter dem Titel »Das Signal-Kampfblatt der Antifako« erschienen, die Bevölkerung auf die baldige Niederlage vor und rief zu Sabotagehandlungen auf.

Neben diesen gut dokumentierten Aktionen, organisierten sich Gruppen, die durch gemeinsame politische Überzeugung gefestigt waren und sich in konspirativen Techniken schulten.

Es gab aber auch viele individuelle Verweigerungsaktionen, Sabotageakte und kleine konspirative Treffen, mit denen Menschen der nationalsozialistischen Propaganda entgegentraten und das Funktionieren der NS-Verwaltung und der Kriegsmaschinerie entscheidend schwächten. Zu diesen Menschen gehörte die Hilfsschwester Else Gores und vielleicht einige der erwähnten Personen, die ihr an der Waldschänke helfen wollten.

Sie versteckten geflohene Zwangsarbeiter und Zwangsarbeiterinnen, halfen Deserteuren mit gesammelter Zivilkleidung und Nahrung und gaben ihnen kurzzeitige Unterkunft, verbreiteten vorsichtig die Nachrichten von »Feind-Sendern«, räumten Panzersperren beiseite, verhinderten die Zerstörung des Wasserwerkes, verweigerten Volkssturmeinsätze oder bereiteten die Kapitulation mit weißen Fahnen vor.

Dies alles war mit der größten Gefahr für Leib und Leben, auch für die Familien, verbunden. Gab es doch neben der Gestapo, der SS und den lauernden Parteifunktionären immer die Gefahr, dass Nachbarn, Arbeitskollegen und Passanten auf der Straße jeden Nichtkonformen als Defaitisten oder Volksverräter denunzierten.

Teils aus opportunistischen Gründen, aber auch um sich dadurch Vorteile und Privilegien zu verschaffen, unterstützten diese »Mitläufer« den Partei- und Polizeiapparat, der für sich allein die umfassende Beobachtungs- und Verfolgungsarbeit niemals hätte leisten können. Deshalb muss auch dieser individuelle Widerstand hochgeschätzt werden, weil er in persönlicher Entscheidung aus Motiven der Vernunft entstand, die sich nicht von der gleichgeschalteten Presse blenden ließen. Und weil er aus einer menschlichen Grundhaltung erwuchs, die sich durch nationalistischen oder rassistischen Überlegenheitswahn nicht verbiegen ließ.

Viele dieser Widerständler und Widerständlerinnen sind uns namentlich nicht bekannt geworden oder wurden schon bald wieder vergessen, und manche wurden sogar noch nach dem Krieg angefeindet, weil sie ja der Niederlage zugearbeitet hatten. Nach der Kapitulation Düsseldorfs am 17. April erlangten die Antifako und Hermann Smeets zusammen mit Karl August Wiedenhofen eine wichtige Rolle beim Aufbau demokratischer Strukturen in Düsseldorf.

Am 26. April 1945 hielt Smeets auf dem Nordfriedhof in Düsseldorf die Totenrede für die am 16. April ermordeten fünf aktiven Mitglieder der »Aktion Rheinland« und würdigte auch die unbekannten Heldinnen und Helden der letzten Kriegstage.

Juristische Aufarbeitung der Verbrechen von Mitgliedern der Heeresstreife Kaiser

Als 1947 der Prozess gegen Stender und Kaiser begann, hatte sich die Düsseldorfer Justiz bereits mit verschiedenen Verbrechen aus der NS-Zeit befasst. In all diesen Verfahren stand die Rechtsfindung unter den gleichen beiden wirksamen Einflussfaktoren außerhalb des Prozessgeschehens: Kurz nach dem Ende des Krieges war das Interesse der Bevölkerung an der gerechten Bestrafung der Täter und die Bereitschaft zur aktiven Mithilfe durch Zeugenaussagen groß, lies aber durch die Zeitspanne mehrerer Revisionsverfahren bis 1955 deutlich nach und machte dem Wunsch nach der neuen Normalität und einer frühen Schlussstrichidee Platz.

Sollte die Kammer den Terror und die Brutalität gegen Zivilpersonen als systematisch und somit als »Verbrechen gegen die Menschlichkeit« werten, wie es im alliierten Kontrollratsgesetz möglich war, oder sollte deutsches Recht angewendet werden und die Taten als Einzeltaten geahndet werden? Auch hier zeigte sich eine wechselnde Tendenz hin zur Milderung der Urteile mit dem Verstreichen der Zeit bis in die 50er Jahre hinein.

Wir folgen hier wiederum der detailreichen Schilderung von Volker Zimmermann (6), die er im Band 10 der »Juristischen Zeitgeschichte NRW« vorgelegt hat (6, S. 78 ff) und den kopierten Mitschriften aus den Gnadenheften und Prozessakten, die uns vom Landesarchiv NRW zur Verfügung gestellt wurden.

Zunächst wurde durch das Gericht geklärt, dass die Stand- und Schnellgerichtsverfahren rechtmäßig waren, nicht aber die Misshandlungen, Körperverletzungen und die Art der Tötung.

Die Verbrechen zum Nachteil von Else Gores, Moritz Sommer und anderen wurden zusammengefasst. In erster Instanz wurde Stender für die Erschießung der Else Gores wegen versuchten Totschlages in Tateinheit mit Körperverletzung in vier Fällen zu fünf Jahren und drei Monaten Zuchthaus sowie dem Verlust der bürgerlichen Ehrenrechte auf fünf Jahre verurteilt. Für den Mord an

Moritz Sommer wurde er zum Tode verurteilt.

Kaiser erhielt wegen Mithilfe ein Urteil zu einer Freiheitsstrafe von 5 Jahren und 2 Monaten.

Staatsanwaltschaft und Stender legten Rechtsmittel gegen das Urteil ein. Dies führte zu einer neuen Entscheidung des Oberlandesgerichtes, welches die Taten gegen Sommer als auch die Erschießung von Gores als Verbrechen gegen die Menschlichkeit wertete und den Genickschuss an Frau Gores als heimtückischen Mordversuch sah. Das OLG hob die vorigen Urteile auf und forderte Neuverhandlung. Hier wurde auch die politische Dimension dieser Verbrechen gesehen und geahndet.

Ein Düsseldorfer Schwurgericht verurteilte 1949 Kaiser daraufhin zu fünf Jahren Zuchthaus und Stender zu zehn Jahren, ebenso lang sollten sie die bürgerlichen Ehrenrechte verlieren. Das Urteil zur Todesstrafe für den Mord an Sommer blieb bestehen, wurde aber nach Inkrafttreten des Grundgesetzes in eine lebenslange Haftstrafe umgewandelt.

Die Erschießung von Gores wurde wiederum als versuchter Totschlag gesehen in Tateinheit mit gefährlicher Körperverletzung.

Wegen formaler Mängel wurde auch dieses Urteil revidiert und 1950 umgewandelt in 5 Jahre Zuchthausstrafe für Stender, hierbei wurden sein »jugendliches Alter« und ein angeblicher »Überreiztheitszustand seines zentralen Nervensystems in Folge einer Kriegsverletzung« (6, Seite 112) als ausschlaggebende Gründe für eine Minderung der Strafe angesehen.

Nun folgte eine lange Reihe von Gnadengesuchen verschiedener Herkunft für beide Straftäter. Im Dezember 1953 lehnte der Ministerpräsident von NRW ein Gnadengesuch von Stender noch als verfrüht ab. Sein Anwalt hatte sich um einige positive Leumundszeugnisse bemüht.

Ob sein Übertritt zur Katholischen Kirche echter Überzeugung entsprang oder taktischem Interesse entzieht sich unserer Kenntnis. Jedenfalls erhielt er starke Rückendeckung vom Anstaltsleiter und von Gefängnisgeistlichen, die ihn und einige andere NS-Täter als grundlegend verändert und voller Reue bezeichneten.

Der Gefängnisdirektor fand, zehn Jahre Haft seien genug. Zuletzt setzte sich auch der Kölner Kardinal Frings für ihn und drei andere »geläuterte Täter« ein.

Adolf Stender wurde am 10. Dezember 1955 durch Zustimmung des NRW Ministerpräsidenten begnadigt. Ihm wurden die Untersuchungshaft und die Internierungshaft angerechnet.

Dann war Stender auf freiem Fuß.

August Kaiser war schon 1954 vorzeitig auf Bewährung entlassen worden. Er lebte und arbeitete weiter in Düsseldorf.

Ernst Diebels
im Juli 2022

Quellenverzeichnis:

(1) Bosch, Heinz: Der zweite Weltkrieg zwischen Rhein und Maas, Geldern 1970, Hrsg.: Der Oberkreisdirektor des Kreises Geldern

(2) Fleermann, Bastian, Jakobs, Hildegard: Düsseldorf 2013, Band 2 Schriftenreihe der Mahn- und Gedenkstätte Düsseldorf

(3) Fleermann, Bastian, Henkel, Peter, Jakobs, Hildegard: Düsseldorf 2018, Band 9 Schriftenreihe der Mahn- und Gedenkstätte Düsseldorf

(4) Keller, Sven, Volksgemeinschaft am Ende: München 2013, Band 97 Quellen und Darstellungen der Zeitgeschichte, Hrsg. vom Institut für Zeitgeschichte

(5) Mommertz, Anne: Oberbilk: Die Geschichte eines Industrieviertels – Taschenbuch, Droste Verlag 2010

(6) Zimmermann, Volker, NS- Täter vor Gericht: Band 10, Juristische Zeitgeschichte, Hrsg. vom Justizministerium des Landes NRW

(7) Zimmermann, Volker, In Schutt und Asche Das Ende des zweiten Weltkrieges in Düsseldorf: Düsseldorf 2006, Hrsg. von der Mahn- und Gedenkstätte Düsseldorf

(8) Mündliche Mitteilung der Familie Götz: Düsseldorf, 2020

(9) Korrespondenzmitteilung von Michael Braun und Wilfried Schnoor: Düsseldorf, 03- 2020

(10) Schreiben des Anstaltsdirektors an den Vorsitzenden der IV. Strafkammer vom 15.5.1953, HStAD, Gerichte, Rep. 372/202, Bl. 40, Gnadenheft Stender

(11) Schreiben des Anstaltsdirektors an den Oberstaatsanwalt Düsseldorf vom 10.02.1955. Ebd. Bl. 53 (Gnadenheft Stender)

(12) Gnadengesuch des Rechtsanwaltes vom 18.07.1955. HSTAD, Gerichte, 372/202, Bl. 79 (Gnadenheft Stender)

(13) Gnadenheft Kaiser, HSTAD, Gerichte, Rep. 372/202.

Doris Bender-Diebels
Persönliche Gedanken

Die Gruppenführung durch die 2019er Ausstellung

mutig-weiblich-unvergessen.
Düsseldorfer Frauen in der Geschichte

in der Mahn- und Gedenkstätte Düsseldorf dauert etwa 90 Minuten.

Durch Zufall kann ich teilnehmen und erfahre sehr viel über bekannte und weniger bekannte Frauen, die sich mit unterschiedlichen Aktionen und Hilfeleistungen für Verfolgte im Nationalsozialismus in Düsseldorf einsetzten.

Nicht alle sind mir bekannt.

Eine davon ist Else Gores.

Die Kuratorin der Ausstellung erzählt von ihr.

Sie sei eine einfache Arbeiterin gewesen, in Düsseldorf-Vennhausen aufgewachsen. Sie habe zwei fahnenflüchtige Soldaten in ihrer Wohnung aufgenommen und einen abgestürzten englischen Fliegerpiloten gerettet. Trotz Gefahr der Todesstrafe!

Das Wissen über das Leben dieser Frau ist mager im Vergleich zu dem über die anderen Frauen in dieser Ausstellung. Aber trotzdem oder gerade deswegen bleibt Else seitdem in meinem Gedächtnis, mit dem Wunsch, ihr ein Buch zu widmen.

Warum bloß?

Ich versuche mir zu erklären, was mich an Else Gores besonders berührt und neugierig macht. Sind es die fehlenden biografischen Daten, die Neugierde wecken, diese zu erkunden?

Wie und mit wem hat sie gelebt?

Aus welcher Familie stammt sie?

Lebte sie allein?

War sie Kriegswitwe?

Oder unverheiratet und Alleinerziehende?

Die Grundfrage hinter alldem blieb und bleibt für mich:

Woher fand diese Frau Kraft und Mut für diese Haltung und diese Entscheidung, die sie am Ende das Leben kostete.

Nicht nur der tragisch-dramatische, fehlgeschlagene erste Hinrichtungsversuch und ihre wahrscheinlich zweite vollendete Tötung sollten in Erinnerung bleiben, ich wollte versuchen, ihrer Person eine Kontur zu geben und Eindrücke aus ihrem Alltag lebendig werden zu lassen.

Dezember 2020

Mein erster Roman *Der Mantel der Vergangenheit* ist veröffentlicht. Ich erzähle eine Geschichte aus der Zeit zwischen 1943 und 1956. Die Recherchen für dieses Buch sind im Februar 2019 beim Besuch der Ausstellung schon fortgeschritten. Zu spät, um noch Else Gores als Figur in dieses Manuskript einzugliedern.

Meine Recherchen zum Widerstand in Düsseldorf führen mich auch wieder zu Else Gores. Durch die umfangreiche Literatur, die die Mahn- und Gedenkstätte diesbezüglich veröffentlichte, erfahre ich noch einiges über ihre Mörder von der Heeresstreife Kaiser.

Über weitere Suche im Netz zu ihrem Namen erhalte ich Ausschnitte aus Zeitungen, besuche ihren Gedenkstein im Eller Forst.

Mai 2021:

Ich beginne mit einem ersten Kapitel.

Foto: Lars Dietel

Danke!

Als ich mit der Planung für dieses Buch begann, korrespondierte und traf ich mich mit einigen engagierten Düsseldorfer Bürgern, auch am Gedenkstein im Eller Forst. Dies waren *Michael Braun, Wilfried Schnoor* und die Eheleute *Birgit und Volker Götz*.

Ihre Ermutigung, ihr Zuspruch und ihre Detail-Informationen bestärkten mich. Ihre Erwartung, solch ein literarisches Denkmal zu sehen, halfen mir über Durststrecken beim Schreiben hinweg.

Dank schulde ich auch *Herrn Spahr* beim Stadtarchiv Düsseldorf für seine freundliche Unterstützung bei der Suche nach Daten über die Familien Gores und Böhnke.

Dies gilt auch einer Zeitzeugin, die 1945 in Vennhausen nahe dem Eller Forst lebte.

Sie schilderte mir 2021 diese Zeit aus ihrer Perspektive als Elfjährige in einem Telefongespräch. In diesem erinnerte sie auch an die toten Soldaten, mit denen sie und ihre Spielkameraden täglich konfrontiert wurden und an die stets bedrückende angstbesetzte Stimmung in den Familien, die den Kindern einbläuten, keine Gesprächsinhalte oder Vorkommnisse nach außen zu tragen.

Meinem Ehemann *Ernst Diebels* gebührt eine besondere Erwähnung, er war mir in den letzten beiden Jahren auch bei diesem zweiten Roman ein kundiger und fantasievoller Diskussionspartner bei der Figurenentwicklung von Else, Karola und Stender.

Er richtete mich bei emotionalen Tiefs wieder auf und spornte mich an zum Weiterschreiben.

Ihm verdankt dieses Buch das fundierte Nachwort zu den historischen, juristischen und soziologischen Dimensionen des Alltags unter Bedingungen von Krieg, Terror und Niederlage.

Auch diesmal gilt mein Respekt und Dank meinen Lektoren *Anja Dietel* und *Thomas Dellenbusch*. Sie waren, mehr als ich erwarten konnte, engagiert und immer erreichbar. Sie halfen mit geduldiger fachlicher Unterstützung bei der Formfindung und sorgten durch gute Einfälle für die Lesbarkeit manch schwieriger Kapitel.

Und natürlich gab es viele Freundinnen und Freunde, die durch ihre Nachfragen und ihr Interesse meine Motivation wachhielten.

Ohne Sie/Euch alle hätte ich es nie geschafft.

Doris Bender-Diebels
Im Juli 2022

Von Doris Bender-Diebels
bereits erschienen:

DORIS
BENDER-
DIEBELS
Der
Mantel
der
Vergangen-
heit
ROMAN

Doris Bender-Diebels

Der Mantel der Vergangenheit

ISBN: 978-3-9696640-3-2

Düsseldorf 1943:

Harry Molter, ein junger Landwirt in Düsseldorf, wird wegen der "Schwarzschlachtung" einer Sau denunziert und von der Gestapo verhaftet. Der Gestapo-Offizier Richard Augsburger stellt ihn vor die Wahl: Gefängnis oder Ostfront.

1951: Auf dem Speicher ihres Wohnhauses bemerkt die zehn jährige Rosa eine düstere Gestalt. Harry Molter! Nach einer langen Odyssee zwischen Front, Lazarett und Irrenanstalt, psychisch nahezu gebrochen, lebt er obdachlos in den Trümmern Düsseldorfs. Seine Frau und seine Kinder sind verschollen. Die langsam wachsende ungleiche Freundschaft mit dem Mädchen entfacht einen neuen Lebenswillen. Doch auch Augsburger lebt unentdeckt und unter falscher Identität in den Trümmern.

Der Nazi müsste wissen, wo sich Harrys Familie befindet.

Wird Harry ihn finden und zum Sprechen bringen?

Taschenbuch: Nova MD, 12,00 €

Kostenlose
Leseprobe

aus

Der Mantel der Vergangenheit

1
Rosa
Düsseldorf-Bilk, März 1951

Geheimnisse aller Art zu lüften könnte man als die besondere Leidenschaft der zehnjährigen Rosa Martens beschreiben. Entdeckte sie die Spur zu etwas Verborgenem, fühlte sie eine detektivische Neugier, die ihre Fantasie für das Versteckte und Verbotene belebte. Vor allem ihre ausgeprägte Beobachtungsgabe, von Erwachsenen oft als kindliche Einbildungskraft belächelt, ließ sie solche Entdeckungen machen. Dazu kam ihr Mut, auf andere Menschen zuzugehen.

Rosa wachte auf.

Ein Blick auf den Wecker genügte, sich gähnend wieder unter ihre Bettdecke zu kuscheln. Erst sechs Uhr.

Um acht begann die Schule. Sie schloss die Augen.

Ihre Schwester Iris, mit der sie das Schlafsofa teilte, kniff sie wenig später in die Seite: »Du musst aufstehen, heute bist du dran. Schon vergessen?«

»Nein … aber nur weil du älter bist, brauchst du mir nicht zu sagen, wann ich aufstehen soll.«

»Fauch mich nicht so an. Ich kann doch nichts dafür, dass wir kein eigenes Klo haben und nachts auf den blöden Pott gehen müssen.« Iris drehte ihr den Rücken zu. Demonstrativ zog sie ihre Decke über den Kopf. Nun konnte Rosa nicht mehr einschlafen und stand auf. Vorsichtig zog sie den Nachttopf unter dem Bett hervor. Sie wollte ihre Mutter nicht wecken, deshalb schlich sie auf Zehenspitzen, den Topf in beiden Händen balancierend in die Küche. Sie wusch sich am Spülbecken, zog ihre Sachen an und schlüpfte in ihre Pantoffeln. Mit dem Pipipott ging sie hinaus ins Treppenhaus.

Das Klo der Familie Martens befand sich auf dem Speicher in der fünften Etage des Hauses, ein Stockwerk über ihrer Wohnung. Der Dachboden und die dortige kleine Wohnung wurden bei einem Bombenangriff durch Brand teilweise zerstört. Rosas Vater Herbert setzte die Toilette wieder instand. Oft erschreckte Rosa der Flügelschlag von Tauben, die durch das meist offen stehende Dachfenster ein- und ausflogen. Wenn sie allein im Halbdunkel hierher kam, begleitete Rosa die Furcht, jemand könne sich hinter der Mauer versteckt halten.

Auch jetzt musste sie gegen diese Angst ankämpfen.

Mit Herzklopfen stieg sie die Treppe hoch, wobei sie den Nachttopf fest umklammerte. Um diese Zeit war es draußen zwar schon hell, aber das kleine Fenster zwischen der vierten und fünften Etage ließ nur wenig Licht hinein. Wie immer flackerte die nackte Birne in der Fassung am mittleren Treppenabsatz. Bei der siebten Stufe angekommen sah sie auf dem Podest ein rundes, silbrig glänzendes Ding liegen. Es schien ein Knopf zu sein. Der hatte gestern Abend, als sie vor dem Zubettgehen aufs Klo gegangen war, noch nicht da gelegen. Das wäre ihr aufgefallen; denn Rosa war eine Sammlerin. Alles was sie fand, wurde in ihren Augen zu etwas Besonderem. Sie hob es auf, verwahrte es sorgfältig in einer Schachtel und schaute es immer wieder an, bis es eine Geschichte ergab, die sie mit ihrer Freundin Esther teilen konnte.

Sie stellte den Nachttopf ab, ergriff den Knopf und steckte ihn in die Tasche ihres Kleides. Dann schnappte sie sich erneut den Pinkelpott und wollte gerade die nächste Stufe nehmen, als ein leises Geräusch sie innehalten ließ. *Lieber Gott, bitte, lass es lediglich eine Maus sein,* betete sie. Doch ein Blick nach oben, in die Richtung des Geräusches, und ihre Beine froren ein. Da war etwas! Es bewegte sich! Nicht schnell … spürbar nur wie ein Hauch.

Im Nu pochte ihr Herz so heftig, dass das Blut in ihren Ohren rauschte. Wie angewurzelt blieb sie stehen. Die Angst hinderte sie zwar daran, genauer hinzuschauen, dennoch nahm sie einige Schemen wahr: Auf dem oberen Podest sah sie die Umrisse einer Gestalt. Vom schwachen Deckenlicht beleuchtet, machte sie lange dunkle Haare aus, die auch über das Gesicht fielen. Oder war da gar kein Gesicht? Sie erkannte weder Augen, Mund noch Nase. Die Erscheinung wurde von einem Mantel umhüllt. Dieses Wesen wie aus einem Albtraum rührte sich nicht, stand einfach am Geländer.

Rosa hörte nur ein leises Atemgeräusch.

Dann nahm sie eine Bewegung wahr, einen zaghaften Schritt auf die Treppe zu … und plötzlich, von einer Heidenangst ergriffen, drehte sie sich um und lief schreiend die Stufen hinunter.

Scheppernd fiel der Nachttopf zu Boden, und sein Inhalt ergoss sich auf das Podest vor ihrer Wohnung.

»Rosa, warum schreist du denn so, du weckst ja das ganze Haus auf! Ach herrje, was ist denn hier so nass?« Hanne Martens trat im Morgenmantel vor die Tür und rutschte beinahe in der Urinpfütze aus. Hinter ihr erschien Iris, die drehte sich sofort mit einem Kopfschütteln um und ging zurück in die Wohnung.

»Da oben ist jemand, Mutti, da gehe ich nie mehr hin. Jemand mit langen schwarzen Haaren, ganz groß, eine scheußliche Gestalt ohne Augen und Mund, ohne Nase, ich schwöre, da ist jemand auf dem Speicher mit einem Mantel.«

Sie schluchzte und sank ihrer Mutter in die Arme.

Die Nachbarstür öffnete sich, und Frau König streckte den Kopf heraus: »Watt iss denn hier widder loss? Wer krakeelt denn hier so errüm? Kamma nich ma länger schlafe? Immer dat Jeschrei vonne Blagen. Un watt stenke denn hier eso?« Sie sah die gelbliche Nässe auf dem Boden. »Datt iss ja woll nich wahr, die Pisse hier – datt wird hoffentlich wech jemacht!« Sie drehte auf dem Absatz um und verschwand in ihrer Wohnung. Die Tür fiel krachend ins Schloss.

Hanne Martens verdrehte die Augen. Immer das Gleiche mit dieser nörgelnden Frau! Hanne wollte keinen Streit mit ihr. Wusste sie doch, dass Frau König erst seit der Nachricht über den Tod ihres Mannes in der Gefangenschaft so unduldsam war. »Ich glaube, du hast geträumt«, versuchte sie, Rosa zu beruhigen und drückte sie an sich. »Wer sollte denn dort oben sein? Du hast wahrscheinlich ein Geräusch gehört und warst noch gar nicht richtig wach. Dann weiß man nicht so genau, ist das wahr oder ein Traum? Jetzt komm erst mal frühstücken, die Schule fängt gleich an.«

»Nein, ich will kein Frühstück, ich will, dass du mir glaubst. Geh doch hoch, dann wirst du ja selbst sehen, dass diese fürchterliche Gestalt da oben ist«, beharrte Rosa und entwand sich der Umarmung. Ihre sonst meist lachenden blauen Augen blitzten die Mutter wütend an. Hanne Martens kannte ihre Tochter und wusste, dass Rosa keine Ruhe geben würde, wenn sie nicht sofort mit ihr auf die Suche nach dieser Gestalt ging.

»Na gut, ich ziehe mir erst mal was an, und dann können wir gemeinsam gucken.«

Rosa beruhigte sich. Gleich würde Mutti schon sehen, dass sie sich nichts eingebildet hatte. Schnell griff sie sich Eimer und Putzlappen und wischte den Urin vom Boden auf. Mit einer Taschenlampe bewaffnet stiegen sie und ihre Mutter kurz darauf die Stufen zum Speicher hoch.

»Siehst du, hier ist doch niemand«, sagte Hanne mit beruhigender Stimme, während sie in den hinteren Raum leuchtete, den Mauerreste vom Klo trennten.

Eine Taube schreckte auf und flatterte durch das offen stehende Dachfenster davon. Sonst befand sich da wirklich keine Seele. Rosa verstand die Welt nicht mehr. Diese Gestalt musste noch hier sein. *Ich bin doch nicht verrückt, wie die alte Frau Prack*, dachte sie, die, wie Mutti ihr erzählte, immer noch ihren Sohn vor sich sah und mit diesem sprach, obwohl er schon seit vielen Jahren tot war.

Den silbrigen Knopf in ihrer Tasche vergaß Rosa in der Aufregung völlig.

»Komm, jetzt machen wir erst mal Frühstück, sogar mit einem Ei«, versuchte Hanne ihre Tochter von dem Schrecken abzulenken. Eier gab es sonst nur an Sonntagen.

Dazu ließ sich Rosa gern überreden. Auch Iris zeigte sich jetzt am Tisch, vom Kaffeegeruch angezogen.

Nach dem Frühstück machte Rosa sich auf den Weg zur Schule, immer noch aufgewühlt von dem Erlebnis auf dem Speicher. Sie war sich sicher, die Gestalt gesehen zu haben, und ihre Gedanken liefen in abenteuerliche Richtungen. Auf der Straße wartete Brunhilde. Wie an jedem Tag.

»Komm, gib mir die Hand«, forderte Brunhilde die Freundin auf. Sie war größer und etwas kräftiger als Rosa und meinte, sie daher beschützen zu müssen.

Rosa hasste es, von ihr an die Hand genommen zu werden.

»Lass das«, blaffte sie, »wenn du das nicht lässt, dann kannst du bis zum Ende der Schulzeit alleine gehen, du blöde Kuh. Ich will nicht an die Hand genommen werden, merke dir das.«

Rosa schäumte vor Wut.

»Du bist nicht meine Mutter, ich habe schon eine!«

Brunhilde schnaubte und lief schneller voraus.

Das muss ich Esther erzählen. Die wird mir glauben. Und bestimmt werden wir zusammen herausfinden, was oder wen ich gesehen habe, dachte Rosa. Ihre Neugier gewann langsam wieder die Oberhand.

Ende der Leseprobe

Doris Bender-Diebels, 1948 geboren und aufgewachsen in Düsseldorf-Bilk, lebt seit 37 Jahren mit ihrer Familie in Wuppertal. Erst nach Ende ihrer Berufstätigkeit als Krankenschwester, Familientherapeutin und Dozentin für Pflegeberufe fand sie die Zeit zum Schreiben ihres ersten Romans.

Nun liegt mit ***Die nicht erschossene Frau*** ihr zweiter Roman vor.

Wiederum ist die Stadt Düsseldorf in den letzten Tagen des Krieges die Bühne, auf der in einer spannenden Erzählung elementare menschliche Konflikte in der Bedrängnis zwischen Opportunismus und mutiger Entschiedenheit zum Vorschein kommen.

Gleichzeitig ist der Text ein Epitaph für die historische Person der Else Gores.